AMOURS DE GUERRE

HEINZ G. KONSALIK

AMOURS DE GUERRE

Roman

FRANCE LOISIRS
123, boulevard de Grenelle, Paris

Titre original :
HEIMAT URLAUB

Traduit de l'allemand par Jacques Roque

Édition du Club France Loisirs, Paris,
avec l'autorisation des Presses de la Cité.

ISBN 2-7242-3712-9

1

Dans la boue des chemins s'étirent de longues files d'hommes sales et misérables. Chariots et voitures cahotent sur des roues vacillantes, s'enlisent dans la gadoue, se fondent dans la grisaille des routes de la campagne soviétique. Les hommes ont des visages durs, la faim les a marqués comme le soc d'une charrue creuse son sillon dans la terre. Muets, le regard vide, ils dépassent les chevaux qui ne sont plus capables d'avancer. On les dirait ailleurs. L'un tire sur une pipe éteinte depuis plusieurs jours, un autre mâche un casse-croûte disputé au sable de sa musette. Ils affrontent la neige, la glace, la pluie, le soleil et la tempête, colonnes sans fins, malpropres, fatiguées, bardées de silence et d'amertume : c'est la retraite de Russie pour l'armée allemande.

Ils ne demandent même pas pourquoi on les a envoyés dans ce pays, ils n'accusent pas le destin, ils ne jurent pas contre les quelques mortels qui, d'un trait de plume, ont expédié des millions d'hommes dans les immenses forêts des vastes plaines de l'Est... Ils sont trop fatigués pour injurier qui que ce soit, trop tristes pour parler, trop usés pour penser. Ils ne connaissent plus qu'une chose, la fuite : fuir, fuir sans fin vers le lointain; fuir pour retrouver le pays natal, l'Allemagne, leurs fermes et leurs femmes, leurs enfants et la vieille mère qui leur fit ses adieux en pressant son tablier sur ses yeux embués de larmes. Ils n'ont qu'un but : quitter cet enfer de l'Est, ce néant qui les tue.

Au milieu des colonnes interminables marche un homme aussi déguenillé que les autres, le pistolet passé à la ceinture, une toile de jute jetée sur les épaules. A chaque pas qui le porte en avant dans un mouvement quasi automatique, sa casquette d'officier, de travers sur sa tête, bascule sur ses cheveux à peine grisonnants. Il avance dans la boue comme un somnambule. Ses paupières à demi fermées donnent l'impression qu'il dort.

Pourtant, il est éveillé; ou plutôt, il rêve éveillé. Tel un convalescent qui sous l'empire de la fièvre laisse vagabonder son esprit au gré de ses fantasmes, il revoit des images, des images qui lui serrent la gorge et qui lui arrachent des pleurs.

Est-ce bien l'invincible Wehrmacht qui se traîne pesamment en direction de la frontière? Où sont les brillantes troupes qui déclenchèrent, en 1939, leur première bataille, et entreprirent une marche triomphale à travers l'Europe jusqu'aux steppes asiatiques? Où sont ces soldats qui conquirent la Norvège, bousculèrent la France, la Hollande et la Belgique et hissèrent le drapeau allemand sur l'Acropole? Où est la jeunesse, fierté de l'Allemagne ? L'officier les a vus mourir criblés d'éclats d'obus, perdre leur sang dans l'horreur d'une guerre sans pitié. Il a vu leurs regards désespérés, entendu leur dernier cri, leur dernier juron. Stalingrad a tué la puissance allemande!

Les rescapés progressent à pas lents : silhouettes épuisées, vaincues par la faim, la fièvre et la nature hostile, vieillards de trente ans ou adolescents de dixhuit enlevés aux bancs de l'école pour devenir prématurément des adultes.

L'homme aux paupières fermées s'arrête. La colonne continue d'avancer. Indifférente à sa présence, elle s'écarte pour l'éviter, le contourne des deux côtés comme la rivière, une grosse pierre.

Un soldat, en aussi piteux état que les autres, lui fait signe.

— Ne t'arrête pas, Heinz, on croira que tu veux déserter !

Et il esquisse un petit rire.

Heinz Wüllner, correspondant de guerre, dans le civil rédacteur en chef et éditorialiste de l'émission *Europaruf*, jette un coup d'œil à celui qui vient de l'interpeller et tord la bouche dans un rictus moqueur.

— Facile à dire, Willy ! Quand on a des ampoules à la place des pieds, on s'assied sur le règlement militaire !

— L'Allemagne s'en fout, de tes ampoules ! Viens, vieux camarade, prends tes jambes à ton cou... A cette cadence, on sera à Grünwald dans un mois !

Wilheim von Stohr est, lui aussi, correspondant de guerre. Il saisit son ami Heinz par sa manche couverte de boue et l'entraîne à sa suite... Et la marche reprend. Les hommes sont hébétés. Les chariots s'enlisent, les chevaux hennissent, la boue crisse sous les semelles...

Mais à l'est une traînée rose se forme dans le ciel. Derrière les fugitifs, le soleil se lève. Et la nuit s'enfuit devant eux.

***

En ce 3 novembre 1943, Berlin, capitale du Reich, se montrait sous son plus beau jour. Sur les coupoles, les tours, les colonnes et les escaliers, les monuments et les somptueuses avenues s'épaississait une couche de neige sur laquelle jouait le soleil comme sur des milliards de cristaux de diamants. Les gens filaient dans les rues déblayées, tapant des pieds et battant des bras, ou attendaient patiemment, des heures durant, en longues files devant les magasins, qu'un vendeur détache de leurs cartes le ticket de leur maigre ration. Des enfants jouaient à la luge dans la neige épaisse, et un invalide clopinait sur l'asphalte verglacé vers un petit café au coin d'une rue.

Heinz Wüllner se dirigeait vers le métro par le

Kurfürstendamm (1), engoncé jusqu'au cou dans un imper, aveugle à tout ce qui l'entourait. Il avait la tête encore pleine de sa conversation une demi-heure plus tôt avec les responsables de la Propagande au front, au ministère de la Propagande, Wilhelm Platz.

On lui avait laissé entrevoir une victoire certaine sans pour autant en faire état explicitement. On lui avait parlé de la foi, de la grâce du destin, de la mission historique. On y avait fait des parallèles avec Frédéric le Grand... Mais personne ne lui avait indiqué la manière dont on allait remporter cette victoire, car personne n'en savait rien.

Il secoua la tête. La foi ! Elle soutenait, tant qu'on pouvait croire à la victoire, mais croire les yeux fermés, c'était bon pour les enfants et pas pour les hommes d'un siècle qu'il fallait traverser les yeux ouverts, l'esprit en éveil. La foi ! Cette foi en la mission d'un peuple avait sombré sous le feu des canons de Stalingrad, dans le sang des batailles de Vitebsk et de Smolensk, les trous embourbés de Leningrad et le sable du désert de Libye.

Les hommes étaient partis pour prendre Danzig, convaincus que la guerre serait terminée en trois semaines, que l'Europe était une forteresse. Leurs illusions s'étaient englouties dans les vastes étendues de l'Est et aux portes de l'Asie.

Heinz Wüllner s'efforçait de chasser de son esprit ces pensées qui l'amenaient toujours à s'interroger sur le sens de cette guerre. Or, il n'avait pas le droit de réfléchir. Dans sa situation de correspondant de guerre et de soldat, réfléchir était interdit, répréhensible. Mais plus il s'efforçait de chasser ces spéculations défendues, plus une phrase le hantait, une phrase qu'il avait vainement tenté d'oublier durant son séjour en Russie : « Tu es payé pour mentir, pour cacher la ruine de ton pays. »

Sur le quai de la station de métro, il monta

(1) Célèbre avenue de Berlin.

machinalement dans un compartiment de deuxième classe, ouvrit son imper pour s'adapter au changement de température — de quelques degrés au-dessous de zéro à une chaleur relativement tempérée —, s'assit, racla ses chaussures incrustées de neige contre la barre de son siège et repoussa du pied sous celui-ci le petit monticule de neige glacée qui fondit bientôt, se transformant en une flaque d'un gris sale.

Il prit dans sa poche un journal froissé, le lissa sur ses genoux et parcourut en priorité les colonnes littéraires. La culture ! Comme l'art semblait pur en comparaison de la politique ! Mais une saveur fade lui vint sur la langue car il n'ignorait pas que l'art aussi était désormais conditionné par la politique ! Dans les théâtres on jouait des pièces pourfendant les ennemis de l'Etat. On glorifiait Guillaume Tell, on en faisait le modèle des révolutionnaires. La scène était devenue le forum des intrigues politiques. Heinz Wüllner en ressentait un malaise quasi physique. Comment pouvait-on encore lire un journal lorsqu'on savait pertinemment que tous les articles étaient inspirés et contrôlés par l'Etat ?

Perdu dans ses pensées, il ne remarqua pas la jeune fille qui à un arrêt du métro entra dans son compartiment, se fraya un chemin parmi les gens debout et s'avança jusqu'à lui, s'agrippant aux dossiers. Epuisée par le combat quotidien pour trouver une place assise, elle tira de son sac un mouchoir bordé d'un étroit ourlet de dentelle et épongea les gouttes de sueur qui perlaient sur son front. En même temps, elle regarda autour d'elle, guettant celui qui aurait la courtoisie de lui offrir sa place.

Son regard tomba sur Heinz Wüllner, plongé dans sa lecture. Hilde Brandes — c'était son nom — respira profondément. Cet homme jeune allait certainement lui offrir sa place...

Elle se pencha discrètement en avant et l'observa. Il ne portait pas de cravate et lisait un journal vieux de deux jours. Bientôt il tira de sa poche un bout de crayon usé et souligna plusieurs lignes d'un article. Il est négligé, songea Hilde : crayon non aiguisé, vieux journal, un mal élevé !

Elle fit semblant de tousser bruyamment.

Heinz, trop absorbé, ne s'aperçut de rien. Il continua à feuilleter son journal, l'ouvrit à la rubrique politique et tira de sa poche une cigarette chiffonnée qu'il alluma avec un briquet en nickel. Hilde en fut pour ses frais.

Elle aperçut, sur le briquet, les initiales H. W. et le dessin gravé représentant un singe. Tout à fait son genre, se dit-elle en toisant d'un peu plus près cet inconnu manifestement flegmatique. Pourtant il n'était pas mal — légèrement bronzé, menton fort et énergique, nez ferme, silhouette bien proportionnée, sportive, mains soignées. En dépit des trente-cinq ans qu'on pouvait lui donner, de nombreux fils d'argent égayaient ses cheveux souples.

A cet instant, Heinz croisa tranquillement les jambes puis d'un geste nonchalant déplia de nouveau le journal qu'il avait roulé pour allumer sa cigarette.

Devant une telle décontraction, Hilde Brandes, de plus en plus indignée, oublia toute considération psychologique. Il ne s'agissait plus de trouver une place, c'était maintenant pour elle une question de principe, elle allait donner une petite leçon à ce personnage. Car lorsqu'un homme s'absorbe dans un journal avec autant d'intérêt sans remarquer que quelqu'un d'autre lit par-dessus son épaule, si ce n'est pas la marque d'une extraordinaire capacité de concentration, ce ne peut être que de l'insolence.

Elle s'apprêtait à changer de tactique pour régler rapidement ce problème lorsque le hasard lui vint en aide. La rame aborda un virage serré et la projeta sur le côté. Elle poussa un petit cri et se retrouva assise sur les genoux de l'inconnu.

Heinz Wüllner, qui, relisant son propre reportage, se demandait où il avait pris le courage d'offrir aux lecteurs une telle déformation de la vérité, vit soudain un manteau de poulain s'affaisser sur son journal, aperçut deux yeux bleu foncé agrandis d'effroi, remarqua qu'un pantalon en flanelle gris dépassait du manteau, et qu'un enchevêtrement de boucles blondes péniblement maintenues par un turban bleu et blanc dansait devant lui.

Tandis que la jeune fille lui jetait un regard embarrassé, il eut un sourire moqueur et demanda gaiement :

— Vous êtes toujours aussi pressée ?

Surprise par une telle désinvolture, Hilde se mit à bégayer et ne trouva rien de mieux à dire que : « Pardon. »

— Je n'ai généralement rien contre les filles qui s'assoient sur mes genoux, surtout si elles sont jeunes et jolies, mais je crois...

Hilde avait repris ses esprits. Elle lui coupa la parole d'un ton cassant.

— Ce que vous croyez ne m'intéresse pas !

Elle se releva et tenta de mettre un peu d'ordre dans ses cheveux.

— D'ailleurs, cela ne se fait pas de se moquer d'une femme — et dans le métro, en plus !

Wüllner lui sourit avec amusement.

— Pourriez-vous me dire dans quel chapitre du savoir-vivre se trouve cette règle ? demanda-t-il en faisant tourner son crayon entre ses doigts.

— Les règles de la bienséance ne s'apprennent pas dans un livre, lui répondit-elle avec un accent de triomphe.

Cette fois, elle l'avait mis en échec. Il ne pouvait rien répondre à ça. Mais c'était compter sans l'esprit de repartie de Heinz Wüllner. Les bons journalistes sont dotés d'une facilité de contact doublée d'un aplomb qui leur ouvre beaucoup de portes et fait que rien ne leur semble impossible. C'est cet aplomb qui différencie de l'homme de lettres le reporter rompu à toutes les situations.

Cela, Hilde n'en savait rien. Elle pensait seulement : un à zéro pour moi !

Mais elle avait crié victoire trop tôt. Wüllner prit ses aises, se calant en arrière sur son siège.

— Les règles sont faites pour venir en aide aux gens qui, malheureusement pour eux, manquent totalement de fantaisie. Par ailleurs, chacun sait qu'il n'y a pas de règle sans exception. Abstraction faite de ce détail, j'aimerais vous conseiller de toute urgence de mieux vous couvrir par ce temps humide et froid.

Il souriait.

Hors d'elle, elle le fusilla du regard en secouant ses boucles. Pouvait-on imaginer une pareille audace? Voilà un homme qui osait laisser debout une jeune fille épuisée, à tel point qu'elle en tombait sur ses genoux, et qui, au lieu de se lever en lui offrant ses excuses, se calait négligemment dans son siège et lui tenait des discours aberrants.

Elle se détourna brusquement et se mit à jouer avec le col de son manteau.

— Que je me couvre ou que j'aille nue, je ne vois pas ce que cela peut vous faire, grommela-t-elle, furieuse.

— Dans des circonstances normales, certainement rien. Mais cela me ferait vraiment de la peine si l'on se moquait de vous.

— Et pourquoi donc ? C'est moi qui serais ridicule et pas vous !

— Justement !

Scandalisée, Hilde examina son interlocuteur.

— Vos propos sont incohérents, monsieur.

Ce fut tout ce qu'elle trouva à répliquer.

— Pourquoi m'appeler monsieur? Je me nomme Heinz, tout simplement Heinz, si cela vous intéresse.

— Cela ne m'intéresse pas le moins du monde.

— Non? dit-il en souriant. Dans ce cas, vous ne comprenez rien à la psychologie.

Hilde sentit le rouge lui monter aux joues. Mais, en même temps, un sentiment de triomphe l'envahit. Cette fois, il allait devoir en rabattre. Pour qui se prenait-il, ce type?

— Je suis étudiante en psychologie, répondit-elle

non sans un certain orgueil, en regardant Wüllner comme si elle s'attendait à ce qu'il s'enfonçât dans le sol, subjugué par la honte et l'admiration.

Elle ajouta fièrement :

— Dans ces conditions, cela me paraît plutôt maladroit de votre part d'aborder ce sujet, alors qu'apparemment vous en ignorez tout !

Ça y est, se dit-elle, je l'ai achevé. Il va s'écraser maintenant.

Mais il n'en fit rien. Tout au contraire, il se redressa sur son siège et constata sur un ton de causerie amicale :

— Il est vrai que je n'ai étudié que la philosophie, la psychologie, les lettres, le théâtre et le journalisme, sans oublier l'histoire de la littérature, et fait une thèse sur un sujet psychologique. Comme vous voyez, ce n'est vraiment pas mon rayon...

Hilde rougit jusqu'à la racine des cheveux. Allait-elle se laisser infliger défaite sur défaite par cet individu qui, du reste, portait un prénom tout à fait commun ? Elle sentit qu'il s'amusait intérieurement et ne vit aucune possibilité de gagner la partie.

— Ah ? se contenta-t-elle de dire, prenant un air détaché. Vous avez soutenu une thèse ? On ne le dirait pas à vous voir...

— A regarder un phoque, on ne dirait pas non plus qu'il est capable de tenir une lampe en équilibre sur son nez, répondit-il vivement.

Hilde ne put s'empêcher de sourire. Cet homme était décidément un cas : mauvaise éducation et distinction, culture et culot, élégance et négligence, oui, décidément un curieux cocktail. Qui était-il en réalité ? A quel moment commençait-il à montrer son vrai visage, à cesser de jouer un rôle ? Hilde Brandes était bien incapable de le dire.

Heinz jeta un coup d'œil vers la fenêtre et constata que le métro approchait de l'endroit où il devait descendre. Il lui restait encore deux stations pour régler l'affaire des boucles blondes.

— Faisons la paix, mademoiselle...

Sans le vouloir vraiment, Hilde, sans réfléchir non plus, se présenta.

— Hilde Brandes.

— Mademoiselle Brandes, enchanté.

— Enchanté ne suffit pas. Un homme bien élevé se présente aussi... Surtout s'il possède une prétendue formation universitaire.

Il s'inclina légèrement et récita d'un ton égal :

— Heinz Wüllner, rédacteur en chef d'*Europaruf* — mes domaines de prédilection sont la critique d'art et la critique littéraire.

Hilde se mordit les lèvres. Encore ce ton décontracté et faussement amical avec, en toile de fond, des accents de moquerie.

La rame s'arrêta. De nouveaux passagers couverts de neige, le visage rougi par le froid, se pressèrent à l'intérieur.

Wüllner devait descendre à la prochaine station. Il se leva et tendit la main droite.

— Etes-vous disposée à faire la paix avec moi, Hilde ? Il y a bien assez de guerre autour de nous ! Allons, souriez-moi !

— Seulement si vous cessez vos moqueries, dit-elle en prenant, après une légère hésitation, la main qu'il lui tendait.

Wüllner adressa à la jeune fille un sourire désarmant.

— Je ne me suis jamais moqué de vous, expliqua-t-il. Je ne me le permettrais jamais avec une jolie fille. Cela m'amusait de vous voir vous débattre courageusement dans une situation qui était sans espoir dès le départ. Mais n'y pensons plus. Faisons la paix, et même si la colère vous va bien, vous devez être beaucoup plus jolie avec un gentil sourire aux lèvres.

Hilde essaya de répondre à cet homme devenu soudain si courtois, mais elle ne sut que dire.

Wüllner, qui tenait toujours sa main, lui fit un signe d'encouragement et pressa ses doigts minces ornés d'une bague en onyx

— Allons, un effort. Est-ce si difficile d'être un tout petit peu gentille avec moi ?

— Vous êtes épouvantable.

Elle retira brusquement sa main et rougit de nouveau. Avec une nonchalance affectée, Heinz remonta le col de son imper.

— Puisque nous avons fait la paix, je pense que nous devrions fêter ça. Que diriez-vous d'une petite promenade jusqu'au café du coin ? Ça tombe bien, je descends ici.

Elle le regarda, indécise. Elle devait descendre à la prochaine station, mais tel qu'elle connaissait maintenant Heinz Wüllner, il ne la laisserait pas en paix tant qu'elle n'aurait pas accepté.

— Et comment expliquerai-je mon retard ? demanda-t-elle dans une dernière tentative pour s'esquiver.

— Vous raconterez à votre maman que vous avez eu un carambolage et qu'il a fallu réparer le dommage avec une tasse de café ou une orangeade. Malheureusement, notre charmante guerre et la politique de notre gouvernement ne me permettront pas de vous offrir un cherry ou un verre de vin.

— Je n'ai plus de maman, dit doucement Hilde en regardant le sol, et mon père est mort quand j'avais six ans. Je suis seule et je finance mes études en donnant des cours particuliers.

— Excusez-moi, murmura Wüllner. Je suis désolé... Et maintenant, fermez votre manteau, car il fait très froid dehors.

Elle obéit comme une petite fille et, en elle-même, donna un bon point à Heinz.

La rame s'immobilisa, les portes s'ouvrirent, et une vague de froid et de neige accueillit les passagers qui quittaient le wagon. Wüllner baissa son chapeau sur son visage et rabattit son foulard de soie brun sur son menton. Puis il prit le bras de sa compagne.

— Ça vaut mieux, fit-il, à cause du verglas. Si vous tombez, ce sera moi qui serai responsable. Vous permettez ?

Il lui adressa un nouveau sourire. Hilde opina de la tête. Et dans le fracas de la rame qui s'ébranlait, ils partirent bras dessus bras dessous dans les rues enneigées, eux qui ne se connaissaient pas vingt minutes plus tôt.

2

Dans le petit café berlinois, en bas du Kurfürstendamm, étaient entassés des étudiants, des employées, des soldats en permission et quelques couples. La plupart buvaient un ersatz de café, cette boisson à base de chicorée que l'on nommait en Allemagne « Muckefuck ».

Heinz Wüllner, qui, de loin, avait découvert une place dans un coin près d'un palmier desséché, se dirigea vers la table et aida Hilde Brandes à retirer son manteau. D'un mouvement élégant, lui-même fit tomber de ses épaules son lourd imper, d'un geste viril et sportif que plus d'un de ses collègues lui enviait. Le chapeau vola jusqu'au portemanteau, et Hilde ne put s'empêcher de sourire devant les manières de son compagnon.

Avant que le garçon vînt prendre leur commande, Heinz eut tout loisir d'observer sa conquête. Bon Dieu ! cette fille était vraiment jolie ! Jolie n'était pas le mot. Ravissante, charmante, délicieuse convenaient mieux. La fraîcheur qui émanait d'elle échappait à tous les superlatifs. Sous sa veste gris clair, un court pull-over brun mettait en valeur sa jeune poitrine. Son petit visage fin, ses membres délicats, sa silhouette pourtant énergique, ses mains blanches comme sculptées dans la pierre firent sur lui un tel effet qu'il décida brusquement que cette soirée avec Hilde ne serait pas unique, et que la jeune fille méritait une place dans son cœur.

Il ne comprit pas qu'il venait de faire intérieurement une véritable déclaration d'amour, mais peut-être n'était-il pas prêt à le reconnaître car, en homme habitué à ce que les filles lui sautent au cou, il estimait ne pas devoir se lier facilement. Et, naturellement, il ne pouvait être question de penser au mariage, synonyme, pour lui, de privation de liberté, de prison.

Et voilà que survenaient en lui une angoisse inexplicable et une douce émotion provoquées par cette Hilde Brandes occupée, pour l'instant, à s'installer près de lui. Il se révolta contre cette pulsion, plongea la main dans sa poche et en retira un étui à cigarettes afin d'analyser cet état d'âme à la fumée d'un tabac de guerre au goût indéfinissable.

Le garçon apporta deux tasses de café et — luxe que pouvait encore se permettre Heinz Wüllner avec ses tickets de pain — quatre parts de gâteau. Tandis qu'ils mâchaient la pâte coriace comme du cuir en se souriant mutuellement, Heinz déclara ·

— Qui eût pensé que la célèbre spécialité du Kurfürstendamm deviendrait un jour aussi indigeste que notre gouvernement ? Tout subit le poids de la nouvelle époque, qu'il s'agisse de l'art ou de la pâtisserie.

— Que voulez-vous dire ? demanda Hilde.

— Je ne sais pas si vous vous intéressez à ces questions, mais observez attentivement ce qui se passe dans le domaine de l'architecture, de l'art dramatique, de la littérature, de la peinture, des arts graphiques, de la musique — notre système tient aussi dans ses griffes tout ce qui touche à l'art. Le théâtre n'est plus que propagande. La musique fait une place grandissante aux marches qui retentissent comme autant de coups de marteau sans âme. L'architecture tente d'imiter les Grecs et se ridiculise par la pauvreté de son inspiration.

Hilde était devenue blême. Elle regarda avec effarement autour d'elle et saisit Heinz par le bras.

— Mon Dieu, vous êtes fou de parler ainsi ! Si quelqu'un vous entend, dans moins d'une heure, vous

vous retrouverez dans une cellule de la Gestapo.

— Nous y voilà... Qui sont donc ceux qui interdisent de dire la vérité ?

— Vous ne savez même pas si je n'appartiens pas moi-même à la Gestapo.

— Quand bien même vous en seriez, je m'en moque. Je regretterais simplement qu'une si gentille fille se voue à une cause aussi repoussante.

— Taisez-vous !

Hilde regarda de nouveau anxieusement autour d'elle et tenta de détourner la conversation.

— Quelle est au juste cette émission *Europaruf*, dont vous êtes le rédacteur en chef ?

Mais Heinz Wüllner suivait le fil de sa pensée et cette manœuvre de diversion lui échappa. Il repoussa avec brusquerie le gâteau qu'il avait entamé.

— Ce n'est plus drôle de vivre en Allemagne. J'ai fait les campagnes de Pologne, je suis allé en France, en Belgique, en Hollande, j'ai participé aux expéditions en Norvège, je me suis enlisé dans les sables de Tripoli. Maintenant, je reviens de l'Est, j'ai vu la retraite de Stalingrad. J'ai vu les soldats allemands perdre leur sang pour rien. J'ai compris que le Führer ne les sacrifiait que pour des raisons de prestige, comme autrefois on sacrifiait des agneaux en offrande. J'ai vu se démanteler nos armées, fuir nos généraux, périr nos soldats. J'ai vu la violence de nos unités spéciales à tête de mort, ces fossoyeurs de notre civilisation. J'ai vu d'innombrables êtres humains tomber à terre, des femmes portant leur bébé dans les bras, une balle dans la nuque. Tout cela parce qu'une loi a partagé les hommes en deux groupes et que l'un des deux doit être tout simplement rayé de l'espèce humaine.

— Arrêtez, je vous en prie, gémit Hilde, en tremblant de tous ses membres. Arrêtez si vous attachez la moindre valeur à votre vie.

— On a sacrifié des millions d'hommes, dépeuplé des villes entières, transformé en ruines des paysages florissants et l'on a appelé cela la guerre sainte, la mission divine, et le peuple aveugle saigne ! Si ce jeu n'était pas si tragique, il y aurait de quoi rire de notre vingtième siècle !

Brusquement, Heinz Wüllner s'interrompit et tira avec énervement sur sa troisième cigarette. Son café était froid depuis longtemps. Dehors, la neige reflétait les pâles lueurs du crépuscule.

— Pourquoi vous emballez-vous ainsi ? demanda Hilde.

Il passa sa main dans ses cheveux en bataille.

— M'emballer n'est peut-être pas le mot juste. Je suis comme un médecin qui suit avec fascination l'évolution d'une maladie incurable. Ou comme un bouffon perdu dans un théâtre ridicule et qui tire son poignard quand la comédie se mue en drame.

Hilde Brandes était profondément interloquée. Pourquoi cet homme, qui avait tout pour qu'elle tombe amoureuse de lui, remuait-il des problèmes politiques, ouvrait-il devant elle des abîmes dont elle n'avait pas soupçonné l'existence, au lieu de lui faire des compliments, de lui parler d'amour et de bonheur ? Elle appartenait au *Reichstudentenbund* (1), au mouvement *Glaube und Schönheit* (2), elle croyait à la mission du Führer et à l'heureuse issue de la guerre. Tous les journaux étaient remplis d'heureux augures. Les discours politiques proclamaient la foi en l'avenir. Et voilà qu'un inconnu lui lançait brutalement et ouvertement : « Tu as rêvé, nous avons été aveuglés. La réalité est bien différente, c'est la fin ! » Et au lieu de lui dire des choses agréables tout en buvant son café, il lui dressait de l'existence un sinistre tableau.

Mal à l'aise, elle l'examinait. Que penser de lui ? La psychologie tout à coup s'avérait inutile. Existait-elle pour lui ? Elle commençait à se le demander. Elle avait l'impression qu'il ne voyait en elle qu'un auditoire. Avait-il des sentiments ? Avait-il une âme ? Le délicat sentiment de l'amour pouvait-il naître chez ce penseur froid et lucide ? Drôle de cour qui, au bout de cinq

(1) Union des étudiants du Reich.
(2) Foi et Beauté.

minutes, dégénérait en débat politique! Oui, Hilde doutait qu'il soit capable de la prendre avec tendresse dans ses bras, de se comporter comme un homme normal, comme un homme amoureux...

Elle en était là de ses pensées quand Heinz prit sa main et la regarda.

— Vous ne m'en voulez pas de vous tourmenter avec ces questions politiques? Je sais, ce n'est pas un sujet passionnant pour une jeune fille innocente comme vous. Après tout, c'est votre droit de vouloir traverser ce monde en préservant votre innocence, puisque vous êtes jeune, jolie, heureuse de vivre... Mais tel est mon caractère, il faut toujours que j'aille au cœur des choses.

— Si c'est là votre seul défaut, je n'ai pas à avoir peur de vous, répondit Hilde avec un sourire et en laissant sa main dans la sienne. Mais je crois qu'il vaut mieux que nous partions, maintenant. Il fait déjà sombre dehors. Et puis, je meurs de faim. Ce gâteau, c'était un peu léger!

Heinz éclata de rire.

— Voilà une bonne raison pour nous en aller... Mais à une condition.

— Laquelle?

— Que vous me permettiez de vous raccompagner chez vous, jusqu'à l'endroit où vous le jugerez convenable.

— D'accord.

Hilde Brandes prit son manteau.

— Garçon, l'addition! s'écria Heinz, en aidant la jeune fille.

Puis il enfila son imper et glissa, dans un geste tout naturel, le bras de Hilde sous le sien. Et tandis qu'elle souriait intérieurement de cette attitude qui avait fait naître un étrange sentiment de bonheur dans son cœur, ils sortirent dans la nuit froide de l'ouest de Berlin.

Le ciel était couvert de lourds nuages et, seule, la neige illuminait un peu cette triste nuit sans lune. La glace crissait sous leurs pas, leur haleine formait de petits nuages blancs devant eux. Ils passèrent sans les voir devant des maisons détruites et des murs en ruine, renonçant, en cette heure tranquille, à ouvrir les yeux sur les souffrances de la ville, preuves de la cruauté de leur époque. Pourtant, les blessures de la guerre pesaient, gâchant leur joie.

Ils marchèrent ainsi l'un à côté de l'autre pendant un long moment, sans parler.

Hilde Brandes se sentait quelque peu déçue de la réserve de cet homme qui pourtant, de minute en minute, lui devenait plus sympathique. Si au moins il avait dit quelques mots aimables ou tenté ne fût-ce que de caresser sa main ! Mais marcher ainsi en silence, cela ne la satisfaisait guère. Par ailleurs, elle jugeait élégant de sa part de ne pas l'accabler immédiatement de ses attentions.

Au bout d'un petit quart d'heure, Heinz Wüllner pressa légèrement son bras et tourna son visage vers elle.

— Je sais ce que vous pensez : que je suis un type mortellement ennuyeux. Mais ce n'est pas vrai ! Je suis la gaieté même, et si vous me connaissiez un peu mieux, vous seriez étonnée. Artistes, journalistes et autres personnages de la même famille, nous sommes généralement d'un tempérament joyeux, nous n'avons qu'un défaut : nous sommes terriblement sensibles. La guerre avec toutes ses horreurs gèle notre âme comme une tempête de glace, paralyse notre optimisme. Mais assez parlé de tout cela. Je vous ennuie.

Hilde Brandes secoua la tête. Une fine couche de givre brillant s'était amassée sur son turban.

— Vous ne m'ennuyez pas, mais tout cela m'est si étranger. C'est un peu comme si je me réveillais d'un rêve et que je prenais conscience que ce n'était qu'un rêve.

Ils s'immobilisèrent. Se détachant sur la grisaille de ce ciel d'hiver, elle aperçut, trouant les épais nuages, les faisceaux des projecteurs. Au loin, des éclairs, brefs, spasmodiques, paraissaient annoncer un orage. Heinz leva le bras dans leur direction.

— Là, vous voyez ? L'infatigable dieu Mars dérange de nouveau notre tranquillité. Dans dix minutes, les sirènes sur les toits vont se mettre à hurler. Et la population paniquée se précipitera vers les abris. Ces éclairs, ce n'est pas l'orage mais le feu de la DCA. Vous êtes encore loin de chez vous ? Il va falloir nous hâter.

— Dix minutes à peu près, répliqua Hilde, qui avait sursauté involontairement au mot « sirènes ».

Ils pressèrent le pas, bifurquèrent dans une rue transversale plus calme, et Hilde aurait certainement glissé sur la neige durcie si Heinz ne l'avait fermement retenue par le bras. Tandis qu'ils couraient dans les rues désertes naguère remplies de noctambules éméchés, il leur vint à tous deux l'envie d'oublier ce qui se passait autour d'eux et de se jeter dans les bras l'un de l'autre. A cet instant, le hurlement déchirant éclata, comme un horrible cri de douleur échappé à mille suppliciés.

Hilde se blottit contre Wüllner. Il passa son bras autour de son épaule. Une fureur impuissante l'envahit. Etait-il donc nécessaire de détruire tout un peuple ?

De loin leur parvenaient les rafales de batteries antiaériennes.

Wüllner, qui avait accéléré l'allure, regarda avec inquiétude du côté de Hilde. Il connaissait les bombardements de nuit et savait qu'ici, en pleine rue, ils étaient perdus si l'attaque touchait leur quartier. Il ne restait pas beaucoup de temps...

Au pas de course, ils tournèrent dans une autre rue et Hilde s'arrêta devant une grande maison de cinq étages de style 1900, plutôt kitch.

— J'habite tout en haut, sous les toits, dit-elle, dans un ancien atelier de peintre. Quand je mets le nez à la fenêtre, le matin, je vois les toits de Berlin. J'aime bien quand le soleil se reflète sur les tuiles. On dirait que les maisons sont recouvertes d'une fine couche de poussière d'or. Alors je me sens si heureuse dans les hauteurs et si libre, légère comme un oiseau, comme si je pouvais voler...

Wüllner ne put s'empêcher de sourire. Elle parlait comme une petite fille en plein rêve, et pourtant ce n'était pas là le bavardage d'une adolescente. Sa voix trahissait une mélancolie et une étrange nostalgie.

Le bruit des obus s'éloignait vers l'est et bientôt fut signalée la fin de l'alerte.

— J'ai toujours peur quand j'entends les sirènes, dit Hilde en souriant. C'est un bruit si terrible, si indescriptible, j'en tremble chaque fois. Excusez-moi.

Wüllner prit sa main et la serra avec force.

— Vous excuser, pourquoi donc ? D'avoir peur d'une attaque aérienne ? Mon Dieu, j'en ai peur moi aussi, nous avons tous peur ! Ce qui est une honte, c'est que l'Allemagne en soit là... Mais je ne vais pas vous tenir de nouveaux discours ! Avant de nous dire au revoir, j'ai une prière à vous adresser. Et vous n'avez pas le droit de refuser, sinon je resterai ici toute la nuit, j'attendrai demain que vous ressortiez, je vous suivrai jusqu'à l'université, pour le déjeuner, chez le coiffeur, au cinéma, n'importe où... Si vous refusez, je ne vous lâche pas d'une semelle.

— Mon Dieu ! fit Hilde en simulant l'effroi. Comment puis-je me libérer d'une telle filature ?

— En me promettant d'être demain soir à vingt heures devant le zoo. Ce sera le point de départ d'une folle soirée.

— Non, je ne peux accepter.

Elle fit une timide tentative pour retirer sa main. Mais Heinz ne la relâcha pas.

— Pensez à mon ultimatum ! fit-il en fronçant les sourcils. Je vous suivrai comme votre ombre ! Comme un cauchemar, comme un petit chien !

Elle ne put s'empêcher de rire. La glace était vraiment rompue. Heinz respira profondément et dit d'un ton décidé :

— Alors, à demain soir, vingt heures. Basta !

— Que veut dire *basta ?* demanda-t-elle.

— Basta, en italien, signifie : Ça suffit ! Terminé ! L'affaire est claire !

Hilde éclata de rire.

— Ça, c'est typiquement masculin ! Et si l'affaire n'était pas si claire que ça ?

— Elle est claire.
— Ah ! Et pourquoi ?
— Parce que... Parce que je vous aime bien !
— Les hommes qui aiment bien une femme sont des égoïstes.
— Mon Dieu, dois-je dire que je vous aime ?
Hilde rougit soudain jusqu'à la racine des cheveux et regarda le sol avec obstination.
— Ne plaisantez pas, Heinz Wüllner.
— Je ne plaisante jamais en matière d'affaires de cœur.
— Nous ne nous connaissons que depuis trois heures.
— Raison de plus pour apprendre à mieux nous connaître.
— Et si je ne veux pas ?
— Le principal, c'est que moi je le veuille !
Décidément, il était impossible de s'en débarrasser.
Elle dit doucement :
— Bon d'accord, à demain soir devant le zoo. Mais où ? A l'entrée principale ?
— Oui, près de l'éléphant en pierre, symbole de l'épaisseur de ma carapace et de ma ténacité.
Elle s'éloigna en riant. Arrivée à la porte de l'immeuble qui n'était fermée qu'au loquet, elle se retourna et fit une profonde révérence.
— Soyez prudent, baron, les nuits sont fraîches !
— N'ayez pas peur, comtesse, et n'oubliez pas : le clair de lune au pavillon de l'éléphant.

3

Le lendemain soir, Heinz Wüllner attendait à vingt heures précises au pied de l'éléphant de pierre du zoo de Berlin, tenant dans la main un petit bouquet de fleurs qu'il avait payé très cher chez un pépiniériste de Dahlem.

Hilde apparut au coin de la rue.

— Bonsoir ! s'écria-t-elle. Sont-ce là vos fleurs de rhétorique ?

Heinz enleva son chapeau.

— Tout au plus les fleurs de la vie, pour vous en couvrir, ajouta-t-il en lui tendant le bouquet.

Hilde rougit légèrement et s'en voulut aussitôt, car son embarras laissait clairement paraître que le cadeau de Wüllner — des fleurs printanières en plein hiver — la touchait profondément.

— Vous vous êtes ruiné pour moi, dit-elle avec reproche. C'était d'autant plus imprudent que vous ne saviez pas si je viendrais.

— Mais vous êtes venue !

— Vous ne pouviez pas le savoir !

— Si !

— Comment ça ?

— Parce que je vous fais confiance. Je me suis dit, si cette fille dit oui, c'est qu'elle va venir.

La phrase fit son effet. Et quand Heinz demanda : « J'espère que vous avez confiance en moi aussi ? » Elle répondit avec un sourire timide : « Serais-je venue, sans cela ? »

D'un mouvement spontané, Wüllner la serra contre lui et Hilde ne tenta pas de s'y opposer.

Ils prirent la direction du centre ville et arrivèrent un peu trop vite à leur gré devant une grande maison qui portait l'inscription « Borchard ». De la main, Wüllner désigna l'entrée.

— Derrière cette porte nous attendent les fastes de Lucullus. Chère Aphrodite, auriez-vous envie de dîner avec Pâris ?

— Pâris devrait songer que l'ambroisie se fait rare et que les dieux ont distribué les tickets de rationnement.

— Et si Pâris avait déjà tout organisé et qu'il ne manque plus que les noceurs ?

— Dans ce cas, nous devons y aller.

Ils franchirent en riant la large porte du célèbre restaurant et, après un arrêt au vestiaire, un garçon les conduisit à une table réservée dans un coin de la grande salle à manger. Wüllner semblait être connu. On l'appelait par son nom. Tandis qu'ils avançaient, Heinz fit quelques signes de tête en direction des tables, d'où on lui répondit par des coups d'œil complices.

— Tous les gens des ministères sont là, jeta Heinz à l'oreille de Hilde. Ce sont des conseillers économiques ou financiers, de hauts fonctionnaires du Parti, des SS en civil, des hommes de la Propagande et des Affaires étrangères. Et savez-vous pourquoi ils mangent ici ? Ce n'est pas parce que c'est meilleur qu'ailleurs, mais parce qu'ici on leur glisse une bouteille de vin « sous la table ».

Hilde, étonnée, regarda autour d'elle. De dignes messieurs, des jeunes gens aux crinières d'artistes ou aux cheveux courts, des femmes appartenant sans doute à la meilleure société... Et pourtant, pourquoi soudain cette façade élégante paraissait-elle craquelée, prête à laisser filtrer un filet de sang ?

— Ces femmes sont, pour la plupart, les maîtresses

de ces messieurs, poursuivit Heinz à voix basse. Très peu d'hommes viennent ici avec leur épouse.

— Et pourquoi m'avoir amenée dans cet endroit ? demanda Hilde sur le même ton.

— Afin que vous ayez un aperçu de la société qui nous régit et que l'on nous donne pour modèle. Ces gens qui, au petit matin, ressortiront passablement éméchés, représentent la crème de cette classe. Et pourtant, il y a quelques années encore, ils n'avaient pas de quoi se payer une place au théâtre ou au cinéma.

Hilde Brandes prit peur. Wüllner avait prononcé à voix trop haute ces derniers mots. Mais elle se rassura en constatant que les tables étaient suffisamment éloignées pour que l'on ne pût distinguer le sens de ses paroles

Ils parvinrent à leur table et Heinz avança la chaise de Hilde Puis il se laissa tomber sur la sienne, tandis qu'un garçon mettait déjà dans un vase les fleurs de Hilde.

Heinz ne put s'empêcher de sourire. Le service, ici, était remarquable, cela ne faisait aucun doute. la nourriture y était bonne également, quoique maigre en cette période de restrictions. Le thé qu'on leur apporta se révéla cependant être une mixture d'herbes variées. Quant aux pâtisseries, elles contenaient plus d'eau que de pâte, mais se laissaient manger. La déchéance de ce lieu raffiné qui comptait parmi les meilleurs et les plus en vue de Berlin était manifeste. Naguère rendez-vous de l'esprit et de la culture, on n'y voyait plus aujourd'hui que les visages soumis de l'entourage de Himmler.

— Pourquoi secouez-vous la tête, Pâris ? demanda Hilde.

— Je trouve cet endroit odieux, dit-il en posant sa main sur les doigts de la jeune fille. Mais nous n'allons pas passer la soirée à parler politique ! Nous ferons mieux.

— Quoi ?

— Nous irons danser

Hilde lui jeta un regard étonné.

— Danser, maintenant ? Cela fait deux ans que c'est interdit !

Il sourit.

— Croyez-vous donc que Berlin ait renoncé si facilement à son loisir favori ? Même si apparemment on n'y danse plus, même si beaucoup vont docilement à l'usine tous les matins et au lit tous les soirs parce qu'ils sont fatigués, il y en a encore qui savent profiter des salles secrètes. C'est une question d'insonorisation.

Hilde le regarda, épouvantée.

— Et si la police s'en aperçoit ? Si l'on fait des rafles ?

— Rassurez-vous, le chef de la police, les hommes de confiance du Führer, les fonctionnaires du ministère sont des habitués de ces lieux. Alors, allons-nous dénicher un endroit pour danser ?

— Seulement si c'est sans danger. Je ne tiens pas à être compromise, ne serait-ce qu'à cause de mes études.

L'aventure avait beau la séduire, elle n'en réprouvait pas moins certains aspects. Les familles dans lesquelles elle donnait des leçons particulières appartenaient à la grande bourgeoisie. On ne lui pardonnerait jamais, si, à la suite d'une imprudence de ce genre, elle attirait l'attention sur elle. Sans parler de l'université ! On s'en faisait exclure très rapidement. Une nuit d'insouciance pouvait gâcher toute une vie. Mais après tout, ce Heinz Wüllner devait savoir ce qu'il faisait, et il était suffisamment homme d'honneur, du moins le pensait-elle, pour ne pas exposer à un tel risque une jeune fille. Il la rassura d'un signe de tête.

— N'ayez pas peur, c'est absolument sans danger.

Il l'aida à enfiler son manteau, régla l'addition, passa son imper que le garçon lui avait apporté, prit le bras de Hilde comme si cela allait de soi, et ils sortirent dans la nuit froide. Wüllner prit des mains de Hilde les fleurs que le garçon avait soigneusement enveloppées dans du papier de soie.

— Avez-vous froid ? Serrez-vous contre moi, cela

vous protégera un peu du vent. N'avez-vous jamais embrassé un homme ?

La question était partie sans prévenir, comme un coup de feu. Et elle fit mouche. Hilde tourna la tête vers lui, et sa combativité reparut.

— J'ai vingt-deux ans, dit-elle, comme si elle voulait sous-entendre : « Comment peut-on poser des questions aussi idiotes ? »

Mais Heinz se contenta de sourire.

C'était maintenant que ça allait arriver. Hilde était si nerveuse qu'elle n'arrivait pas à mettre un pied devant l'autre. Et voilà que la bouche de Heinz fut tout près de son visage. Elle ferma les yeux... Maintenant... C'était maintenant que tout allait se décider !

Mais il ne se passa rien. Heinz avait repris sa marche, entraînant Hilde. Elle l'observa de côté. Etait-il de pierre ou jouait-il avec elle ? Tout cela n'était-il que comédie, ou cherchait-il à la dominer ? Cher Heinz, tu peux attendre, si c'est cela que tu as en tête...

Mais Heinz Wüllner se contenta de lui jeter d'un ton insouciant :

— Peut-être bien que je vous embrasserai un jour !

— Il faudrait d'abord demander à mon ami s'il est d'accord !

— Vous n'avez pas d'ami.

— Il est grand, fort et jaloux comme trois ! S'il était ici, vous vous enfuiriez en courant.

— Ah ! vraiment ?

Il la saisit brusquement par les épaules, attira à lui la jolie tête bouclée et déposa un long baiser sur ses lèvres tremblantes d'excitation. Puis il la relâcha et se mit à marcher comme s'il ne s'était rien passé. Hilde était complètement désorientée. Devait-elle lui donner une gifle ? Peut-être le prendrait-il mal et cette belle aventure à peine commencée serait déjà terminée ! Mais si elle ne réagissait pas, il allait se juger encouragé à recommencer. Si elle souriait, cela sous-entendrait qu'elle était d'accord. Et si elle restait de marbre, il pourrait penser qu'elle était froide et insensible. Oh ! comme il était difficile de se comporter dans une telle situation.

Mais tandis qu'elle se creusait la tête, Heinz, une fois de plus, la prit au dépourvu.

— Ça, c'était un baiser ! s'exclama-t-il. Maintenant, votre ami peut venir.

Hilde se demanda sérieusement si elle n'allait pas lui donner une gifle et s'enfuir à toutes jambes.

Trop tard, ils étaient déjà devant la boîte de nuit et Heinz salua le portier d'une bourrade sur ses épaules galonnées.

— On fait la fête chez vous ce soir, ami ?

— Vous arrivez à point, monsieur Wüllner, grommela le vieux portier. Nous avons reçu hier, je vous le dis en confidence... — Heinz lui glissa une pièce de monnaie dans la poche — ...un arrivage de vin du Rhin. Un cru excellent !

— Vous voyez, je ne vous avais pas fait de vaines promesses ! dit Heinz en se tournant vers Hilde. Et maintenant, allons danser, avec ou sans votre ami, de gré ou de force... Venez-vous, Aphrodite ?

Et il l'entraîna vers la porte tournante et l'entrée placardée de miroirs.

Apparemment, il se sentait là comme chez lui. Il conduisit Hilde, par une large porte vitrée, dans une grande pièce de style vénitien, recouverte de tapis. Il passa devant les tables libres sans s'arrêter et se dirigea à grands pas vers une porte plus au fond. Hilde considéra avec étonnement le cadre insolite et les femmes maquillées flirtant plus ou moins ostensiblement avec les hommes et manifestement prêtes à tout. C'était un monde qu'elle ne connaissait que par le cinéma et dont elle n'avait jamais pensé qu'il pouvait réellement exister.

Wüllner l'entraîna dans une autre pièce plus petite mais plus longue, baignée de lumière blanche. Une vigne vierge artificielle grimpait aux murs sur des croisillons en bois, les tables et les chaises étaient de fabrication artisanale. C'était une bonne copie du style viennois, mais qui ne pouvait tromper un œil d'artiste.

Un garçon en habit vint aussitôt à leur rencontre et les conduisit à une table libre.

— Nous avons quelque chose de tout à fait spécial aujourd'hui : cocktail au citron.

Wüllner éclata de rire.

— Cocktail ! Joli nom pour une eau sucrée... Mais apportez-nous deux de ces trucs !

Il se tourna vers Hilde.

— C'est la même clientèle que chez Borchard. Les huiles du Parti, les fonctionnaires du gouvernement, tous violent gaiement leurs propres interdictions.

Hilde regarda autour d'elle.

— Mais je ne vois pas d'orchestre ! Comment peut-on danser sans musique ?

— Patience, petite fille.

— Je ne suis pas une petite fille, dit Hilde avec animosité. Je mesure 1 m 67. Et je suis étudiante !

— En psychologie ! Epouvantable ! Comment une fille peut-elle étudier la psychologie ?

— La psychologie permet de mieux percer les hommes à jour.

— Je n'en crois rien. De soi-disant psychologues utilisent leurs prétendues connaissances aux seules fins de projeter leurs propres désirs et leurs propres espoirs, vendant le tout comme s'il s'agissait de vérités premières.

— Et que font donc les journalistes, rédacteurs et autres déformateurs de l'information ? repartit Hilde. Ils ne relatent pas ce qui s'est passé, ils arrangent les faits comme ça leur chante. Et ils sont parfaitement convaincus d'avoir fait l'impossible pour leurs pauvres auditeurs égarés !

Avant que Heinz ait pu répondre, le garçon apporta les deux cocktails. Heinz souleva l'un des verres et dit :

— Buvons à ce que nous avons tous les deux au fond du cœur et que nous ne voulons pas reconnaître, mais que nous finirons bien par découvrir un jour ou l'autre : à l'amour !

Il heurta le verre de Hilde qui fit entendre un son clair.

— L'amour est une trop grande chose pour lui porter un toast ! dit-elle.

— Ce n'est pas une honte de dire la vérité !

Contre toute attente, Hilde ne rougit pas. Elle s'en étonnait elle-même quand une cloison s'écarta au fond de la salle, et un podium apparut : l'orchestre ouvrit aussitôt sur un tempo rapide.

Cette musique, l'apparition fantomatique de l'orchestre, l'animation qui se déclencha soudain à toutes les tables, tout cela accapara tellement son attention qu'elle en oublia le reste.

Enfin une vraie musique de danse, des couples enlacés, du vin, des parfums, des maquillages, un mixer dans le bar d'angle, le saxophone, la batterie, les rythmes...

Avant que Hilde eût repris ses esprits, elle était sur la piste de danse, dans les bras de ce diable de journaliste dont le front haut s'ornait de quelques mèches grises.

Hilde dansait bien, très bien même. Son corps souple épousait les mouvements de son partenaire et Heinz Wüllner éprouvait une sensation grisante à la sentir contre lui, à enfouir sa tête dans ses cheveux blonds, sans plus s'interroger sur le temps ni le lieu, l'avenir ou le présent !

Il se reprit brusquement. Cette fille n'était pas une aventure comme les autres. Son corps aux petits seins délicats était chaste, ses yeux étaient clairs et purs, remplis de confiance, sa main légère était posée sans ambiguïté sur son épaule. Une seule fois, elle écarta de ses doigts les cheveux qui tombaient sur le front de Heinz.

Le geste était tellement spontané, tellement touchant de gentillesse que Heinz saisit sa main et, avec une tendresse inhabituelle chez lui, la porta à ses lèvres.

Hilde ne put s'empêcher de rougir. Elle avait baissé les yeux. Tout doucement, Heinz la pressa contre lui et murmura : « Hilde, tu me plais beaucoup ! »

Très lentement elle releva les yeux vers lui.

— C'est le vin, l'ambiance, toute cette animation...

Heinz Wüllner secoua la tête et la regarda droit dans les yeux.

— Non... Ce n'est pas ça : je t'aime !

Il s'étonnait lui-même. Combien de fois n'avait-il pas affirmé dans le cercle de ses camarades et de ses collègues que le mariage était un lien dont il ne voulait pas : pourquoi appartenir à une seule femme alors que le monde en est rempli ? Il avait même ajouté un jour que le mariage était la plus grande punition que Dieu eût infligé à Adam et que l'homme moderne devait jouir de la vie au maximum avec ses hauts et ses bas au lieu de s'enliser dans le marécage conjugal. Plus d'un avait souri et avait répliqué : « Mon vieux, quand tu seras vraiment pris, tu ne penseras à rien d'autre qu'à l'amour d'une seule femme ! » Il les avait traités d'idiots et de bourgeois indécrottables. Et maintenant ? Maintenant, voilà qu'il s'envolait dans des rêves d'amour pour une fille surgie dans sa vie d'une manière si imprévue !

Et Hilde ? Que pensait-elle de Heinz Wüllner ? Dans son cœur, elle songeait : « Avec toi, j'irais au bout du monde, je ferais les cent coups, je serais camarade, amante, femme. Mais qu'en est-il de toi, Heinz ? Es-tu sérieux ? » Une voix en elle chuchotait : « Ne pose pas de questions, suis ton sentiment, l'amour échappe à la réflexion, l'amour est plus que le désir et la nostalgie — l'amour, c'est la vie. »

La danse se termina, et Hilde sut que, pendant ces minutes décisives, il s'était passé quelque chose de nouveau. Quand ils sortirent de l'établissement, elle s'immobilisa et tira doucement Heinz par la manche.

— Dis !

— Oui !

— Il faut que je te dise quelque chose... Moi aussi, je t'aime bien.

— Alors, tout est pour le mieux, lança-t-il.

Il se pencha vers elle, l'embrassa doucement sur les yeux et se remit à marcher. Le vent froid ébouriffa ses cheveux quand il enleva son chapeau pour s'en éventer. Il avait chaud... La flamme du bonheur le brûlait !

— Tu vas prendre froid, Heinz, remarqua Hilde d'un ton de reproche.

— Laisse-moi profiter de l'air de la nuit, ce vent frais... Si pur...

Pendant longtemps, ils ne prononcèrent plus un mot, faisant craquer la neige sous leurs pas dans les rues silencieuses de Berlin.

Les maisons pressées les unes contre les autres avaient un aspect respectable. Ils arrivèrent devant une porte d'entrée noire. Wüllner l'ouvrit et ils pénétrèrent dans un long couloir au bout duquel une seconde porte laissait passer un peu de lumière à travers ses vitres en verre fumé. Les murs étaient ornés de tableaux de Rubens et de Rembrandt, des copies évidemment...

Ils se trouvèrent bientôt dans une pièce semi-circulaire répartie en loges où le public — artistes, pères de famille avec leurs épouses, étudiants avec leurs professeurs — était très différent de celui qu'ils venaient de quitter : pas de vent de folie, pas d'attitudes ambiguës, un calme bourgeois et l'arôme d'un bon vin, agréable aux nouveaux venus.

Un garçon sans frac, vêtu du costume bariolé des vignerons, s'approcha, plaça une carafe sur la table et repartit sans un mot.

Wüllner entoura d'un bras les épaules de la jeune fille, leva son verre en souriant et, après l'avoir vidé, posa un délicat baiser sur les lèvres fraîches de Hilde.

Elle ferma les yeux.

— Comme c'est calme ici, dit-elle, pensive. Pas de musique bruyante, pas de comédie, la paix et la sérénité...

— Il y a encore des foyers d'individualisme, ce sont les derniers refuges des nostalgiques du capitalisme anglo-américain et des réfractaires au national-socialisme.

Il partait de nouveau dans son discours préféré. Il ne pouvait s'en empêcher, c'était plus fort que lui. Dans quelques instants, il serait le malotru qui ne plaisait guère à Hilde. Elle sourit pourtant et caressa le front de Heinz comme si elle murmurait : « Tu vois, ce que peut le vent, je le peux aussi. »

— Mon petit malappris ! soupira-t-elle tendrement.

Ces mots contenaient tout son amour.

Wüllner écarquilla les yeux.

— Malappris ? Comment ça ?

— Tu es si impertinent !

Elle ébouriffa les mèches grises.

Ses dents brillaient entre ses lèvres rouges. Et l'éclat de ses yeux seyait à ses cheveux dorés. Heinz saisit sa main et voulut dire quelque chose de gentil, mais à cet instant une ombre se profila sur la table. Devant eux, un homme s'était avancé.

Agacé, Wüllner leva les yeux, s'apprêtant à rabrouer l'intrus, mais les mots restèrent coincés dans sa gorge. Il regarda l'étranger comme s'il était un fantôme. Puis, lentement, il tendit ses mains et, d'une voix rauque, il prononça :

— Friedrich ? Toi ?

L'étranger fit un signe de tête.

— Tu me reconnais ?

— Que viens-tu faire ici ?

— Je sors de l'enfer.

Hilde frissonna. Ces paroles lui avaient fait froid dans le dos.

Heinz serra les mains de l'homme puis se tourna vers Hilde.

— C'est Friedrich Borgas, un vieil ami, un sculpteur.

Hilde tendit la main. Elle trembla légèrement au contact des doigts glacés.

— Puis-je m'asseoir un peu avec vous ?

— Quelle question, vieux schnock ! Bien entendu.

— Rien ne va de soi quand on a passé deux ans en enfer. Même la vie paraît incertaine. Tout semble être une bénédiction après un... pareil camp...

Wüllner remplit un verre apporté par le garçon.

— Et on t'a libéré ?

— Parce que j'ai capitulé. Je n'ai pas le droit de parler, ni d'écrire, ni de peindre. Rien de tout ce qui fait ma vie. Sinon, c'est la balle dans la nuque dont on m'a fait grâce. Mais je suppose que mademoiselle s'apprêtait à passer une soirée gaie et agréable. Il vaut mieux que je m'en aille.

— Mais non, restez, je vous en prie, protesta Hilde. Pour l'amour de Heinz et de moi.

Friedrich Borgas s'essuya la bouche du revers de la main. Il regarda Hilde avec reconnaissance, mais ne dit rien. Ses yeux étaient plus explicites que ses lèvres : « Heureux celui qui n'a pas vu ce que j'ai vu », confiaient-ils.

Heinz questionna :

— Comment cela est-il arrivé, Fritz ? La dernière fois que nous nous sommes vus, tu étais encore dans ton atelier.

Borgas regardait devant lui, les yeux vides.

— Comment cela est arrivé ? Est-ce que je le sais moi-même ? Bêtise peut-être, aveuglement. Ça s'est passé très vite. Tu le sais, ma meilleure année comme sculpteur c'est 1933. J'avais un bon atelier, ici, à Berlin. Ma clientèle était composée de riches industriels qui me passaient des commandes pour leurs villas et leurs propriétés à la campagne. Nombreux étaient mes amis juifs. Tu sais qu'après 1933 ils furent combattus, poursuivis comme inférieurs, dangereux et criminels. La prise du pouvoir fut, pour moi aussi, un bouleversement. Mes acheteurs changèrent. Les chefs nazis remplacèrent les industriels. Ils commandaient leur buste, le leur et celui de leurs compagnes. Et puis, un jour, des SS ivres ont détruit tout mon atelier parce qu'ils avaient trouvé, dans un carton à dessin, une tête de Stresemann (1). Mais là, j'ai réussi à reprendre le dessus. J'ai surmonté tous les obstacles. J'ai exposé à Munich et tout semblait aller bien. Mais un soir, dans mon atelier, j'ai donné une petite fête... Tu sais... avec lampions, bar, musique pour danser, des filles, modèles pour la plupart. On a bu du schnaps... un peu trop... J'ai emmené une fille dans une chambre. Elle s'appelait Marie et elle avait des yeux comme des

(1) Chancelier allemand détesté par les nazis.

charbons ardents — elle m'a demandé ce que je pensais de ce gouvernement. J'étais trop emballé pour réfléchir, j'ai raconté que tout ça n'était qu'une mauvaise pièce de théâtre indigne du peuple allemand... J'ai dû vraiment soulager mon cœur car, le lendemain matin, je me suis retrouvé dans les bureaux de la Gestapo. La fille était un des agents qui m'avaient à l'œil depuis longtemps. De plus, un sculpteur SS convoitait mon atelier.

Borgas s'interrompit et but une longue gorgée de vin. Heinz et Hilde, angoissés, se regardèrent comme pour dire : « Un jour, tout cela ne sera qu'un mauvais souvenir — le monde de nos enfants sera plus beau. »

Et Borgas poursuivit son récit.

— Oui, ça s'est passé comme ça. Pas de procès. Pas même une véritable audition. Mais on m'a expliqué pourquoi j'avais été arrêté. Non pas à cause de ce que j'avais dit cette nuit-là — non, ça n'était qu'un prétexte. La véritable raison était autre : j'en savais trop. J'avais un ami à l'état-major général qui me tenait au courant de certains secrets, et on avait dû l'apprendre. Je connaissais les détails de l'affaire du général Fritch chassé de la Wehrmacht, et qui a refait surface dans la campagne de Pologne, à la tête d'un régiment. Un général d'armée commandant un régiment! Il est tombé en première ligne. Digne suicide d'un des meilleurs généraux allemands. Puis il y a eu l'affaire von Blomberg. Parce qu'il avait épousé une secrétaire, il a dû démissionner de son poste de ministre de la Guerre. Sans oublier l'affaire du feld-maréchal von Brauchitsch, qui fut le seul à avoir le courage de dire qu'une avance folle en Russie serait la fin de l'Allemagne. Il avait prévu Stalingrad et l'écroulement, et il a dû partir parce qu'il était trop intelligent, plus intelligent que son maître. Son crime a été de vouloir sauver la vie de millions de soldats des deux côtés.

Borgas saisit son verre, avala une longue rasade et se passa la main sur le front.

— Quoi qu'il en soit, j'ai atterri dans un camp de concentration. J'y ai été maltraité, j'ai vu les fours crématoires, les chambres à gaz, les chambres de tortures maculées de sang, les fosses au chlorure de chaux, les cellules de bain où l'on noyait les hommes après des heures de supplice, les viols de jeunes filles par des SS... J'ai vu les ateliers où l'on fabriquait des abat-jour et des couvertures de livres en peau d'homme, des cellules où vivaient des squelettes, où l'on piquait des fous avec des aiguilles rougies au feu... Au bout de deux ans, je me faisais moi-même l'effet d'un squelette, d'un mort ambulant. Pourquoi m'a-t-on soudain relâché ? Je n'en sais rien. Cela fait partie des incohérences et des lubies des bonzes du Parti. J'ai repris pied à l'air libre et je me suis demandé si je vivais encore ou si je quittais l'enfer pour m'acheminer vers le paradis.

Borgas se tut. Hilde avait placé ses mains devant son visage et tremblait de tout son corps. Heinz la prit dans ses bras mais ne dit rien.

Borgas se leva.

— Je crois que je vais partir maintenant. Ne m'en veuillez pas... mais je ne veux pas vous entretenir de ces sombres histoires toute la nuit.

Wüllner lui fit un signe de tête.

— Viens me voir demain matin vers dix heures, nous parlerons. Tu n'es pas fini. Redresse la tête, Friedrich. Rappelle-toi la dernière sculpture que tu m'as montrée dans ton atelier : ce jeune homme tenant un cierge qui traverse une porte mystique. Tu l'avais baptisé : *A travers la nuit vers la lumière.* Le jeune homme, c'est toi — et la porte, ce sont les temps nouveaux !

— Les temps nouveaux ? Ne vivons-nous pas dans un Reich de mille ans ?

— Aucun Reich n'a jamais duré mille ans et celui-ci ne tiendra pas un siècle.

Ils se serrèrent la main avec sérieux, leurs regards plongés l'un dans l'autre. Hilde serra encore les doigts maigres et osseux. Borgas repartit aussi discrètement qu'il était venu, mais laissant un terrible malaise derrière lui. Wüllner pressa Hilde contre son épaule et l'embrassa tendrement sur les yeux.

— Partout des illusions se détruisent. Il n'y a pas d'ilôt de paix. Même l'amour ne peut échapper à la réalité.

— Si, il y a des îlots de rêve, répondit Hilde. Et l'homme en a besoin, à condition qu'il ait le courage d'affronter le réveil.

— Faut-il donc nous réveiller ?

— Toujours rêver rend aveugle.

— Alors, restons aveugles jusqu'à ce que cela vaille la peine de se réveiller.

Hilde l'embrassa.

— Imprudent ! dit-elle tendrement, et si le temps glisse sur toi ?

— Pour l'instant, le temps glisse non pas en avant mais en arrière. Il faut attendre que le mouvement s'inverse. Crois-moi, cela viendra vite.

Hilde le regarda avec de grands yeux.

— Comment peux-tu le savoir ?

— Hier, au ministère de la Propagande, j'ai discuté avec les chefs de la propagande au front. Des mots vides, sans aucun sens, des mots creux pour abêtir le peuple. Une telle politique ne peut que s'écrouler. En outre, nous sommes économiquement et militairement au bout du rouleau. L'ancien architecte d'Hitler, aujourd'hui ministre de l'Armement, Albert Speer, malgré tout son génie, ne pourra pas tenir longtemps. Ceux qui suivent le Führer vont au précipice, au fond d'un abîme terrifiant.

Hilde lui ferma la bouche de ses doigts.

— Pas si fort, Heinz... Si quelqu'un t'entendait !

Avant que Wüllner ait pu répondre, les autres tables brusquement s'animèrent. On se précipitait vers le buffet dressé dans un coin, car le bruit avait couru qu'il y avait encore quelques bonnes bouteilles. Heinz se leva lui aussi et se hâta vers la grande table, tandis que Hilde vidait son verre en riant : décidément il réagissait parfois comme un gamin. L'instant d'avant, il s'entretrenait gravement de politique, et soudain il ne songeait plus qu'à sa gourmandise.

Cependant, Hilde ne se sentait pas véritablement heureuse. D'insolubles questions se posaient à elle. Ce que Borgas avait raconté pouvait-il être vrai ? Existait-il des hommes capables d'une telle cruauté ? Ce peuple, le sien, comptait pourtant parmi les plus cultivés de la terre... Comment de telles horreurs étaient-elles concevables ? Et cette propagande ? Comment pouvait-on sciemment tromper les gens, précipiter un pays dans l'abîme en lui faisant espérer un avenir magnifique ? Comment vivre dans de telles conditions ?

Dans l'ambiance surchauffée du restaurant, Hilde se sentait intérieurement glacée. Son esprit restait si critique que c'en était douloureux.

Heinz, la mine réjouie, revint avec une bouteille de champagne, remplit les verres et, debout, brandissant le sien, il porta un toast à voix haute qui était un tel défi que Hilde en pâlit.

— A la joie de vivre, à cette guerre sans issue, et au bonheur de la défaite !

Un murmure effrayé courut parmi les tables. De l'une des loges se détacha un homme, vêtu d'un costume noir classique, qui s'avança en titubant, manifestement gêné par le poids de son ventre. Arrivé à la table de Heinz, il releva le revers droit de sa veste, laissant apparaître un petit insigne en argent. « Police. »

Wüllner s'inclina avec un grand sourire.

— Puis-je vous prier de prendre place un instant avec nous ?

— Très aimable à vous, merci.

L'homme s'assit après avoir salué Hilde, blême et tremblante de peur, car elle avait lu, elle aussi, l'inscription que portait l'insigne.

— Vous voulez me parler ? demanda Heinz.

— Vous parler, non. Simplement vous avertir. Vous venez de clamer des mots insensés. Si j'appartenais à la Gestapo, vous seriez déjà en route vers...

— Le croyez-vous, monsieur... ?

— Delft. Commissaire Delft.

— Bon. Alors qu'est-ce que la Gestapo pourrait me reprocher ?

— Votre ironie et votre espoir de voir la guerre perdue.

— Vous vous trompez. Si vous avez interprété ainsi mon discours, vous faites erreur.

— Il était pourtant clair.

— Expliquez-moi en quoi, monsieur Delft.

— Vous avez d'abord parlé de guerre sans issue.

— La guerre n'est-elle pas sans issue... pour nos ennemis ?

— Vous jouez sur les mots ! Et le bonheur de la défaite...

— Je n'ai pas précisé la défaite de qui. Pour les vainqueurs, la défaite des vaincus est un bonheur.

— Votre phrase sous-entendait tout autre chose.

— Il ne faut pas se fier aux sous-entendus.

— Vous êtes très habile, monsieur...

— Wüllner, Heinz Wüllner.

Le commissaire parut surpris.

— Etes-vous le rédacteur en chef de *Europaruf* et l'auteur d'un livre sur la liberté de l'âme ?

Heinz éclata de rire.

— Pour vous servir.

Delft lui tendit la main par-dessus la table.

— Alors, considérez que je n'ai rien dit. Votre livre a une place d'honneur dans ma bibliothèque. Bonsoir.

Et il s'éloigna, retournant à sa place où l'attendaient sa femme et sa fille.

Wüllner serra Hilde contre lui.

— As-tu entendu ?

— Tu es d'une imprudence ! Si tu continues ainsi je ne sortirai plus avec toi.

— C'est donc que tu veux encore sortir avec moi ! Alors, tout va bien !

Il but son verre cul sec.

— Au fait, comment te sens-tu ?

— Plutôt mal.

— Comment ça ? fit-il en jouant l'inquiétude.

— Maintenant, la police criminelle va t'avoir à l'œil...

— Bof ! Il a l'air plutôt sympathique, ce type.

— On ne doit pas faire peur comme ça !

Il ne répondit rien, se pencha vers la petite tête bouclée, embrassa longuement et tendrement les lèvres de Hilde.

Elle se récria :

— Hé ! Qu'est-ce qui te prend ? Tu es fou ? M'embrasser devant tout le monde !

— C'est que je suis trop heureux pour réfléchir. Viens...

Ils se retrouvèrent dans les rues enneigées, s'arrêtant souvent pour s'embrasser, car Heinz affirmait que chaque coin de rue était un péage. Et Hilde payait, la mine réjouie...

Soudain, le bruit des cloches d'une église éloignée leur fit reprendre conscience des réalités.

— Deux heures ! s'exclama Hilde. Il faut que je rentre. Que va penser ma logeuse ?

— Qu'importe. Tu es à moi !

— Jusqu'ici, je m'appelle Hilde Brandes et je suis étudiante et... Oh !

— Que t'arrive-t-il ? demanda Heinz.

— Mon premier cours est à huit heures demain matin. Et je n'ai rien préparé ! Je ne sais plus rien... Et c'est ta faute !

— Comment ça ?

— Tu m'as tellement tourné la tête que je ne me souviens plus de rien... Vaurien !

Elle lui échappa et s'enfuit en courant. Heinz courut à sa poursuite. Hilde, qui l'entendait courir derrière elle, accéléra l'allure, son manteau flottant derrière elle, ses boucles en bataille, mais, dans un dernier effort, il la rattrapa. Il l'enlaça, pressa son petit visage contre sa large poitrine et l'embrassa sur le front, sur les yeux, sur les lèvres, sur le cou. En même temps, il lui murmurait les mots fous qui échappent à tout homme amoureux.

— Tu m'étouffes, articula Hilde en aspirant une bouffée d'air. Et ton chapeau est tout de travers !

Il la relâcha et elle montra les maisons du doigt.

— Que vont penser les voisins ?

Il remarqua alors qu'ils étaient arrivés devant l'immeuble de Hilde.

— Quand vais-je te revoir ? demanda-t-il.

— Quand tu veux.

— Demain ? Je viens te prendre à l'université.

Hilde se hissa sur la pointe des pieds, déposa un baiser sur le nez froid de Heinz et courut vers la porte d'entrée.

— Halte ! cria-t-il, attends un peu ! A quelle heure se terminent tes cours ?

— A midi.

— Je t'attendrai... diablesse !

— Au revoir, bandit !

Et elle disparut.

Heinz prit un carnet dans sa poche. Il y notait tout ce qui était important. De son écriture en pattes de mouche, il écrivit à la page du 4 décembre :

« Je suis amoureux, elle est amoureuse, nous sommes amoureux ! »

Et il rentra chez lui le cœur léger. C'était si bon, si bon, d'être amoureux...

4

Heinz emmena tous les soirs Hilde dans un bar différent. Il lui achetait des roses, lui commandait des cocktails aux noms enchanteurs et, après des nuits passées à danser, il la raccompagnait chez elle. Un baiser... Bonne nuit... Fin de l'épisode. Hilde dut reconnaître que ce Heinz Wüllner, tout fou qu'il était, se révélait un homme d'une rare maîtrise.

Il en alla ainsi pendant douze jours, et leur amour, qui n'était au début qu'un simple flirt, devint plus profond et plus sérieux. Ils n'en parlaient pas, mais avaient le sentiment de vivre dans un monde irréel. La guerre glissait sur eux. Pendant les attaques aériennes, ils se réfugiaient dans un abri où l'on étouffait. Etroitement enlacés, ils entendaient tomber les bombes, voyaient les blessés que l'on ramenait de la rue. Heinz lui-même aidait à les secourir, fermait parfois leurs yeux — mais, pour eux deux, tout était comme recouvert d'un voile, comme filtré par le kaléidoscope de l'amour.

Tous les jours, de nouvelles fantaisies traversaient l'esprit de Heinz. Une fois, il arborait une casquette de collégien et Hilde avait honte de sortir avec lui. Une autre fois, l'énorme bouquet qu'il tenait à la main se révélait être un chou destiné à enrichir l'ordinaire de la jeune fille. Un soir d'hiver, ils se retrouvèrent au zoo, près de l'éléphant. Heinz tenait une petite valise qu'il devait, expliqua-t-il, remettre à un ami. Ils se rendirent dans la taverne où il prétendait avoir rendez-vous. Il laissa la valise au vestiaire et la soirée se déroula sans problème jusqu'au moment où, soudain, la voix de Heinz retentit dans tout le bar.

Hilde sursauta. Elle regarda à côté d'elle. Heinz fumait paisiblement sa cigarette. Pourtant, c'était bien sa voix qu'elle entendait à l'autre bout de la salle.

Elle le saisit par la main.

— Heinz, je dois être un peu ivre.

— Psst ! se contenta-t-il de répondre avec un sourire énigmatique.

Et la voix se mit à réciter : « Faut-il faire parler les fleurs et se contenter de ce bonheur ? Allons, brisons les traditions et jouissons de la vie ! Ne croyez pas que ce poème soit d'inspiration gratuite. Non, c'est l'amour qui l'a dicté... »

Hilde avait bondi, et s'enfuyait. Quelle audace ! Enregistrer un disque, aller dans une taverne avec un gramophone, soudoyer le patron ou le personnel et proclamer ainsi son amour ! Heinz se payait sa tête ! Elle jura de se venger...

***

Ce jour-là, Hilde fut ponctuelle à leur rendez-vous habituel. Heinz était déjà là. Il avait fabriqué un tabouret de neige et posé dessus une boîte à côté de laquelle il montait la garde comme un soldat. Lorsqu'il aperçut Hilde, il rectifia sa position. Il ouvrit la bouche pour lancer une de ses plaisanteries habituelles, mais Hilde la lui ferma de sa petite main, et annonça :

— Je suis seulement venue pour te dire que je ne peux pas rester aujourd'hui !

Il fit la grimace, se gratta la tête et attendit.

— C'est mon anniversaire, poursuivit-elle, se réjouissant de son embarras. Ce soir, chez moi, j'ai une petite réunion à huit heures. J'ai invité quelques amis, tout doit être prêt, je n'ai vraiment pas le temps de rester maintenant. Bien sûr, tu es invité.

— Ah ! je suis invité ?

— Oui !

— Et pourquoi ne m'as-tu pas prévenu ?

— Pour que tu aies un handicap !

— Comment ça ?

— Mes amis ont tous eu le temps de penser à une surprise... pas toi. Et tu sais, interdiction de te faire remarquer, et interdiction aussi de refuser. Youpi ! C'est le moment de faire preuve d'imagination, monsieur !

— Sale gosse ! dit-il simplement.

Il saisit le paquet, s'élança par-dessus le tabouret de neige, courut jusqu'à un omnibus qui passait, sauta sur la plate-forme et tandis que Hilde, sidérée, se demandait si en cet instant elle n'avait pas tout perdu, Heinz, le sourire aux lèvres, réfléchissait.

Hilde courut jusque chez elle. Cette journée d'anniversaire lui semblait soudain complètement gâchée. « Pardonne-moi, mon cher bandit, songeait-elle ; je t'en prie, pardonne-moi... Je t'aime tellement ! »

Dans le petit atelier, la vieille et accueillante logeuse que tout le monde nommait Mamie Bunitz regardait autour d'elle. Avec force papiers et lampions, beaucoup de peinture et de tissus, l'atelier avait été transformé en une sorte de caverne car le thème choisi pour la fête était : « Au royaume du méchant magicien. » Les têtes de serpents et les dragons géants, les paysages bizarres et les masques qu'un élève de l'académie des Beaux-Arts avait pendus aux murs étaient terribles. Mamie Bunitz affirma que ces animaux l'effrayaient et qu'elle n'en dormirait pas de la nuit, mais Hilde les avait trouvés à son goût.

— Votre fiancé vient ? demanda Mamie Bunitz tout en assemblant, aidée par Rolf, étudiant en médecine, une petite table ronde et une commode afin de constituer un bar.

— Je crois, fit Hilde qui décorait la grande fenêtre avec des têtes de dragons.

— Que signifie *je crois ?* grommela Mamie. Un

fiancé vient toujours à un anniversaire. Surtout un monsieur aussi gentil... Elle me parle sans arrêt de lui, expliqua-t-elle en se tournant vers Rolf, il faut qu'il soit vraiment gentil... Comme mon Félix, mon plus jeune, qui est tombé à Stalingrad !

Et elle soupira.

Hilde ne répondit rien. En fait elle ne savait vraiment pas si Heinz apparaîtrait ou non. Pour chasser cette pensée, elle dit :

— C'est bien comme ça, n'est-ce pas, Ernst ?

Ernst, le peintre, regarda autour de lui.

— Une vraie caverne d'Ali Baba, il ne manque plus que nos costumes... Ton Wüllner va en perdre sa langue !

— Peut-être pas, fit Rolf en frottant ses doigts minces. C'est un petit malin !

— Mais aujourd'hui, il trouvera à qui parler, s'écria Hilde en descendant de l'échelle. S'il n'en perd pas la langue, je l'épouse sur-le-champ.

— Il a de la chance, fit Ernst en secouant ses mèches. Nous, ça fait des années qu'on essaie ! On devrait se faire journalistes, tu ne penses pas, Rolf ?

— Nous, on va réfléchir pour décider si on lui laisse Hilde ou non.

Celle-ci éclata de rire.

— A vous entendre, on dirait que vous êtes mes tuteurs !

— Mais bien sûr. Tu es notre petit poussin, déclara Rolf, nous sommes responsables de toi.

Hilde était touchée. Ils étaient tellement gentils ! Et tous deux amoureux d'elle. Et voilà que Heinz Wüllner venait chasser sur leurs terres ! Mais ils ne s'en offusquaient pas, ils se comportaient comme des frères. Hilde, émue, courut vers les deux garçons et leur donna à chacun un baiser sur la joue.

— Vous êtes des amours ! dit-elle. Et maintenant, changeons-nous ! Il est bientôt huit heures. Mamie Bunitz recevra nos invités s'ils viennent entre-temps, n'est-ce pas ?

— Mamie fait tout, grommela la vieille dame.

Mais sa protestation ressemblait surtout au ronronnement d'un chat qu'on caresse.

Les trois jeunes gens disparurent dans la pièce qui servait de vestiaire et qui avait été répartie en petites cabines. Deux heures auparavant, c'était encore la chambre de Hilde. Ernst, qui avait le lit dans sa cabine, demanda à travers le paravent s'il pouvait se permettre de déposer son pantalon sur le lit de la jeune fille. Et tandis qu'ils échangeaient des plaisanteries, les premiers hôtes firent leur apparition, si bien que lorsqu'ils sortirent de leur cabine, ils durent faire face à une horde de voleurs, de bandits, de magiciens, de fakirs. Il y avait aussi une méchante fée, et encore une sorcière ratatinée sous le déguisement de laquelle se devinait aisément une jolie fille aux yeux brillants.

Même Mamie Bunitz avait mis son masque de « reine des magiciennes et des sorcières ». On avait débouché les premières bouteilles, apportées par les uns et les autres, et Hilde se demanda combien de temps elles allaient durer car elles représentaient, en grande partie, le produit de patientes économies. Willy, le chimiste, surnommé le Mixer de poisons, avait rangé dans le bar le schnaps et autres alcools. Tout s'annonçait bien, il ne manquait que Heinz Wüllner.

Les douze couples que Hilde avait invités — étudiants, jeunes artistes, danseuses et comédiennes — mirent tout de suite de l'animation. Hilde, elle, souvent assise, s'inquiétait en consultant sa montre. Huit heures et demie ! Heinz ne venait pas ! Il était vexé ! Tout était perdu. Elle n'aurait jamais dû aller si loin. C'était comme si l'atelier s'écroulait autour d'elle.

A cet instant, la sonnette retentit. Hilde sauta sur ses pieds.

— C'est lui !

Mamie Bunitz se dirigea vers l'entrée. La lumière s'éteignit mais dans la pénombre brillaient les dragons et les serpents. Tels des fantômes, les invités disparurent derrière des chaises et des sofas, le bar ou des paravents. Mamie Bunitz, après avoir ouvert, se réfugia elle aussi rapidement derrière un paravent. Hilde, ravissante dans son déguisement, se coucha sur le canapé au fond de la pièce, sous un dragon qui crachait du feu.

Heinz hésita. Personne ne le recevait et tout était si calme ! Il comprit : c'était un piège. Mais que risquait-il ? Il entra donc, enleva son manteau, et déballa le grand bouquet de fleurs qu'il avait apporté.

Comme rien ne se passait, il pénétra dans l'atelier. Hilde, qui attendait son apparition avec impatience, le regarda.

Ainsi, il était venu, Heinz Wüllner, rédacteur en chef et chroniqueur célèbre, vêtu d'un costume sombre, une rose à la boutonnière, et ce grand bouquet de fleurs dans la main, des lilas aux longues tiges ! On aurait dit un seigneur égaré au milieu d'une bande de voleurs...

Mais Heinz réfléchissait. Que se passait-il ici ? Pourquoi était-il seul ? A cet instant, il vit dépasser une robe sous un siège. Il comprit aussitôt. En un éclair, il chercha comment s'en sortir. Soudain, l'ombre fut plus épaisse. Seul un gros dragon jetait des flammes jaunes.

D'un bond, Wüllner sauta contre le mur, afin de ne pas avoir à surveiller ses arrières. Il était temps. Six sorcières surgissaient de l'ombre et l'agressaient. L'une d'elles, particulièrement horrible — c'était Mamie Bunitz —, lui lança son balai à la tête, mais Heinz le lui enleva des mains et s'en servit pour retrousser les robes qui virevoltaient autour de lui.

Il y eut des cris, un instant de panique, et la vieille sorcière se sauva tandis que la bande de danseuses se dispersait dans toutes les directions.

Alors ce fut le tour des magiciens. Ils bondirent des quatre coins de la pièce. L'affaire devenait plus sérieuse. Avec les hommes, le balai ne serait pas d'une grande utilité, mieux valait utiliser ses poings. Heinz ôta vivement sa veste, se mit en garde et accueillit son premier adversaire d'un direct du droit assez bien ajusté. L'heureux bénéficiaire — c'était Ernst le peintre — fit un bond de côté pour laisser la place à Rolf. Celui-ci roula à son tour au tapis.

Puis ce fut Lutz le sculpteur, qui alla rejoindre Rolf et dut courir à quatre pattes pour se mettre hors d'atteinte.

Hilde siffla. Aussitôt, le grand dragon s'éteignit, et l'obscurité dans la pièce devint totale. Heinz sentit quelque chose passer au-dessus de son visage, puis les lampes se rallumèrent.

L'atelier était vide. Hilde avait disparu, et seuls la veste jetée dans un coin et quelques verres brisés témoignaient de la lutte qui venait d'avoir lieu.

Heinz regarda autour de lui, remit sa veste, s'approcha d'un grand miroir afin de remettre sa cravate en place — et sursauta : il avait le visage tout noir. Noir de suie.

En pestant, il commença à frotter, mais plus il frottait, et plus son mouchoir étalait le noir sur son visage. Il en prit son parti. Tant pis... il fêterait cet anniversaire dans la peau d'un Noir. Mais cette sale gosse de Hilde allait apprendre de quel bois il se chauffait...

Il se dirigea vers la table, prit un verre, alla au bar et se servit un cherry, le but, revint à la table, s'assit et agita une sonnette en criant :

— Garçon ! le service est déplorable !

Hilde, qui s'était réfugiée avec ses amis dans sa chambre, entra dans l'atelier.

— Alors, mon cher Heinz ! Déjà là ?

— Comme tu vois, répondit-il calmement. Je te souhaite un heureux anniversaire.

Et il lui tendit le bouquet de fleurs.

— Merci. Mais dis-moi, tu viens toujours aux anniversaires sans te laver le visage ?

Heinz ne répondit rien, se leva et fit un pas en direction de Hilde.

— Qu'y a-t-il là dans ce coin ? demanda-t-il hypocritement.

— Où ? dit Hilde, sans méfiance en se retournant.

Heinz n'attendait que cela. Immédiatement il fut à côté d'elle, la prit dans ses bras, et l'embrassa sur les yeux, sur le front, sur la bouche et sur le cou, frottant son noir visage sur ses joues jusqu'à ce qu'elle fût aussi noire que lui. Elle eut beau crier et gigoter, mordre et griffer, rien n'y fit. Il la tenait fermement dans ses bras, tellement serrée qu'elle avait du mal à respirer. Quand il la relâcha, tout le monde sortit de la chambre et se mit à danser autour d'eux en riant.

Heinz, insensible à cette agitation, maintint Hilde contre lui et l'embrassa jusqu'à ce que, enfin soumise, elle s'abandonnât.

Mamie Bunitz cacha les larmes qui lui venaient aux yeux... Ses fils avaient eu la même sauvagerie et, eux aussi, avaient été amoureux. L'un, tombé dans la campagne de Flandre alors qu'il était fiancé; le deuxième, asphyxié par les gaz au bord de la Somme alors qu'il était sur le point de se marier... Quant au dernier, qui avait péri à Stalingrad, il avait été l'heureux père de trois petits enfants.

Déjà les invitées préparaient une table bien garnie — qui avait réclamé un bon paquet de tickets de rationnement et d'excellents rapports avec les commerçants.

Heinz et Hilde disparurent dans la chambre pour nettoyer leur visage et s'embrasser tranquillement sans être vus.

Peu après, lorsque tout le monde fut réuni autour de la table, Heinz n'eut guère le temps d'observer les sauvages convives aux tenues multicolores, car cette horde déchaînée, qui n'aurait pas déparé la caverne d'Ali Baba, exigeait de lui un discours. Rolf fit tinter son verre et s'écria :

— Grand magicien, les yeux de notre communauté sont fixés sur toi. Nous attendons ce que tu vas nous dire. Parle et rafraîchis nos âmes ! Salam !

Il y eut un murmure d'approbation générale. Wüllner se leva, toussota et dit :

— Chères sorcières et chers sorciers. A l'occasion de l'anniversaire de notre grande sorcière en chef, je voudrais vous rappeler le mot de notre grand maître

Abracadabra, qui déclara lors d'une danse sur le Blocksberg (1) : « Voici une véritable sorcière ! Elle s'appelle Hilde et elle étudie la plus diabolique de toutes les sciences infernales : la psychologie ! »

Une vigoureuse protestation lancée par Hilde l'interrompit. Mais sans se laisser impressionner, il poursuivit :

— Même chez les sorciers et les sorcières, la solitude est une punition du diable. Lors d'une fête comme celle-ci, les solitaires se rendent compte à quel point il serait bon que le soleil éternel de l'amour illumine les brèves joies de leur journée. Car même les sorcières sont capables d'amour — même si leur passion s'exprime de manière plus obsessionnelle et plus sauvage que chez les humains. Heureux, l'homme qui rencontre une telle sorcière ! Il lui faut se l'attacher impérativement afin que jamais ne lui vienne la pensée de s'enfuir.

Heinz tira alors une petite boîte de sa poche.

— C'est pourquoi j'ai apporté deux anneaux magiques qui me lieront pour l'éternité à la sorcière Hilde.

Il sortit deux bagues en or, passa l'une au doigt de Hilde, qui, tout émue, ne broncha pas, et mit l'autre à son propre doigt. Puis il se pencha, embrassa Hilde et ajouta :

— Et maintenant, Hilde, il ne te reste plus qu'à marquer ton linge aux lettres H. W. ! Hilde Wüllner !

L'explosion de joie fut générale. Les cris et les exclamations tirèrent de leur lit les voisins qui, affolés, se précipitèrent sur leur radio, espérant qu'enfin les armes secrètes de Goebbels avaient emporté la victoire.

Hilde ne dit mot. Elle avait l'impression de vivre un rêve. Elle regardait sa main, ornée de la petite bague en or, et répétait en elle-même : « Hilde Wüllner. »

Enfin, elle se précipita contre la poitrine de Heinz

(1) Point culminant du Hartz, dans la province prussienne de Saxe ; les brouillards et les nuages qui l'enveloppent, agités par le vent, offrent de bizarres tableaux dans lesquels la tradition a vu des danses de sorcières.

qui lui chuchota à l'oreille : « Aujourd'hui, je sais enfin ce que c'est que l'amour... »

Ils furent brutalement rappelés à la réalité par les invités qui entonnèrent en chœur : « Nous avons faim, faim, faim, nous avons faim... et soif ! »

Mamie Bunitz ne se le fit pas dire deux fois. Elle courut à la cuisine, suivie de deux gentilles sorcières, et quelques minutes plus tard la table des fiançailles, ex-table d'anniversaire, était garnie de rôtis froids et de salades. Tout le monde mangea de si bon appétit que Mamie Bunitz dut encore prévoir une tournée d'omelettes. Puis on mit sur le gramophone des disques de fox-trot, des marches et des swings, et l'on dansa gaiement tandis qu'une élève d'une école de danse faisait un numéro de claquettes sur la table.

Peu à peu, les hôtes prirent congé et il ne resta plus que Hilde, Heinz, Rolf et Fifi, une élève du conservatoire d'art dramatique au visage poupin. Mamie Bunitz, soudain lasse, abandonna les quatre jeunes gens. Rolf, avant de partir, dit sur un ton grave :

— Heinz, nul ne la mérite mieux que toi. Je te la confie... Honore ce cadeau du ciel, vieille branche !

Et les deux hommes se serrèrent fortement la main, comme s'ils avaient fait un serment.

Hilde et Heinz se retrouvèrent seuls dans le grand atelier, soudain assez sinistre avec ses serpents, ses dragons, ses verres vides et ses costumes fripés. La fumée des cigarettes dessinait des volutes dans l'air chaud.

— Je vais ouvrir la fenêtre, dit Hilde en écartant les rideaux.

La clarté lunaire glissa sur les étranges décorations murales, illumina les têtes magiques. Un vent doux qui soufflait sur les toits ajoutait sa musique au silence de cet instant. Heinz tourna le bouton de la radio et une valse tendre emplit la pièce. Il saisit doucement Hilde par la taille et, la tenant dans ses bras, se mit à tournoyer doucement dans la lueur argentée de la lune.

Ce n'était pas seulement une danse, c'était comme si

leurs âmes s'étaient détachées de leurs corps et communiaient avec le rythme, comme si leurs âmes s'étaient fondues l'une dans l'autre. C'était la danse de leurs cœurs, la danse de leurs destinées.

Hilde avait fermé les yeux et rejeté la tête en arrière. Ses boucles blondes encadraient son fin visage. Elle serrait les lèvres et pourtant, aux commissures, celles-ci tremblaient. Sa poitrine se soulevait à une cadence rapide.

Heinz murmura :

— Le plus beau chant de mon âme, c'est : je t'aime !

— Mon Heinz, murmura-t-elle, mon cher, cher bandit...

Il la serra plus fort contre lui, et l'emporta vers la chambre. Un nuage voila l'espace d'un instant la face de la lune et poursuivit silencieusement sa quête inutile.

5

Le lendemain matin, Heinz eut besoin de quelques secondes, lorsqu'il se réveilla, pour prendre conscience de l'endroit où il se trouvait.

Il vit une petite chambre coupée par des paravents sous un toit en pente. Dans un coin, il aperçut une commode, une étagère portant des ouvrages de Kant, Nietzsche, Fichte, Schopenhauer, Schelling et, devant lui, posée sur le dossier d'une chaise : une robe.

Il tourna la tête et découvrit au milieu des coussins une masse de cheveux blonds, et la couverture se soulevait au rythme régulier d'une respiration. Hilde s'étira dans son sommeil, se cabra soudain, se retourna avec un profond soupir, découvrant dans ce mouvement un corps charmant. Heinz Wüllner eut à cet instant une étrange sensation, une sensation comme il n'en avait encore jamais éprouvée auparavant. Il eut du mal à se ressaisir. Il se leva silencieusement et se glissa dans l'atelier. Il était plus tard qu'il ne l'avait cru. En toute hâte, il s'habilla.

Il était près de onze heures, il avait rendez-vous au ministère pour y apprendre quelle serait sa prochaine mission. Il griffonna un mot pour Hilde sur une page d'agenda, expliquant qu'il lui fallait se rendre dans la Wilhelmstrasse et qu'elle pourrait l'y retrouver à une heure. Dans le cas contraire, il reviendrait chez elle.

Puis il ouvrit la porte avec précautions, se glissa à

l'extérieur sur la pointe des pieds, referma derrière lui, s'emmitoufla dans son manteau et descendit rapidement les escaliers.

Un quart d'heure plus tard, il se trouvait en face du docteur Elbers, conseiller ministériel du Reich.

Heinz Wüllner éprouvait une aversion quasi physique à l'égard de ce que l'on appelait le ministère de la Propagande du Reich, car il considérait Goebbels comme le plus dangereux représentant de la clique criminelle nazie qui avec un fanatisme diabolique conduisait le peuple allemand vers l'abîme. Il ressentait cependant pour Elbers quelque chose comme de la sympathie. Cela ne tenait pas seulement aux qualités humaines de l'homme, mais au fait que Elbers, en dépit de sa position, avait une attitude plus que réservée face au régime au pouvoir. Il n'était pas exclu qu'il soutînt en secret le mouvement de résistance.

De nombreux indices semblaient appuyer cette thèse et notamment le fait qu'on pouvait parler librement avec lui et émettre des critiques sans risquer de se faire arrêter. Elbers, la cinquantaine grisonnante, portait des lunettes cerclées d'or. Après les salutations d'usage et quelques mots d'introduction qui n'engageaient personne, il se renversa dans son fauteuil, tendit à Wüllner un paquet de cigarettes à moitié plein et regarda pensivement sur un des murs de la pièce le grand tableau représentant le Führer.

— Je voulais aussi vous dire, mon cher Wüllner, que vos rapports manquent un peu de force. En réalité, à lire vos articles, on ne croit pas en la victoire finale.

— Cette croyance est sérieusement ébranlée au front, répliqua Wüllner. Il suffit d'avoir vécu la retraite à l'Est...

Elbers lui coupa la parole d'un mouvement de la main.

— Je sais, je sais, le scepticisme ! Mais un homme de la Propagande n'a pas le droit de montrer de tels sentiments.

Wüllner tira nerveusement quelques bouffées.

— Que savez-vous de précis sur la victoire ? Avons-nous de nouvelles armes ? La Luftwaffe est-elle prête à frapper ? Qu'en est-il de la guerre des sous-marins ? Et du ravitaillement ? Où en est la politique étrangère allemande en Turquie ? Il faut éclaircir tout cela avant que je puisse dire : Allemands, nous gagnerons cette guerre malgré Stalingrad, malgré les attaques aériennes, malgré la faim !

— J'espère que vous ne vous exprimez pas aussi librement partout où vous allez, cela pourrait vous attirer des ennuis.

— Est-ce tout ce que vous avez à me dire, docteur Elbers ?

Le conseiller ministériel regarda au loin.

— Je n'ai pas de nouvelles informations. Les directives que j'ai reçues lors de ma dernière conversation avec le docteur Goebbels étaient : la presse doit crier victoire en toutes circonstances.

Wüllner écrasa son mégot dans un cendrier d'ambre.

— Rien de positif, donc. Tout cela n'est que théorie. Et votre avis à vous, docteur Elbers ? Allons-nous gagner la guerre ?

— Je... je ne sais pas.

— Avons-nous des raisons de la gagner ?

— Des raisons certainement, mais de bonnes raisons, j'en doute...

Cet homme, soudain, faisait presque pitié. Il devait abreuver le peuple allemand de propagande optimiste et se trouvait lui-même privé de parole face à la perspective de l'inévitable désastre.

— Cher docteur Elbers, reprit Heinz, vous et moi ne sommes que des marionnettes, vous le savez bien. On nous traite comme des imbéciles incapables de comprendre cette nouvelle époque.

Elbers, épouvanté, le regarda.

— Comment pouvez-vous me parler de la sorte ? Je devrais vous faire arrêter immédiatement !

— Mais vous ne le ferez pas, car vous êtes conscient vous aussi de la partie qui se joue là-haut. Ne nous leurrons pas. Vous-même avez été compromis naguère dans le putsch de Röhm...

Le conseiller ministériel remua sur son siège, visiblement mal à l'aise. Que l'on mentionnât l'affaire Röhm lui était extrêmement pénible.

— Röhm était un homosexuel.

— Il a été liquidé parce qu'il ne jouait pas le jeu. D'autres qui voudraient bien faire comme lui y renoncent parce qu'ils sont trop lâches. Ce qui ne veut pas dire que je veux faire de Röhm un héros ou un martyr !

Elbers frissonna.

— Vous êtes fou !

Wüllner se mit à marcher de long en large à grands pas.

— Dans ce cas, dites-moi ce que je dois annoncer à la radio ? Nous allons perdre la guerre, aussi vrai que Napoléon fut battu à Leipzig. En Russie, des masses innombrables ; en Amérique, un matériel d'anéantissement colossal ; dans notre propre pays, la faim et la perte de la suprématie aérienne... Nous sommes au bout du rouleau ! Nous ne pouvons plus gagner la guerre. J'ai vu, en Pologne, des fossoyeurs enterrer des milliers de juifs — hommes et femmes, enfants, vieillards. Commando de la mort, c'était ainsi que se nommaient fièrement les SS, et ils s'enorgueillissaient d'avoir tué un bébé dans les bras de sa mère avant d'abattre celle-ci, tandis que des hommes attendaient leur tour devant les fosses qu'ils avaient creusées eux-mêmes. J'ai vu les petits pins que l'on plantait sur leurs tombes. Et depuis cette époque, je me demande si nous appartenons encore à la famille européenne, puisque nous supportons de telles bestialités ?

Elbers se leva à son tour.

— Ne parlez pas ainsi, Wüllner. Vous êtes soldat et correspondant de guerre.

— Il y a des limites à l'obéissance.

— Pas dans l'Allemagne du Führer. L'obéissance est le principe suprême. Nous recevons des ordres et basta ! Et pour vous aussi, j'ai de nouvelles directives.

— Concernant le front de l'Est ?

— Oui, mais avec un petit crochet vers le Sud. Pour l'instant, je ne peux pas vous en dire davantage. Vous serez mieux informé demain en haut lieu. Vous savez où...

Elbers fit le tour de la table, s'arrêta devant le portrait d'Adolf Hitler et, semblant se parler à lui-même, il prononça :

— Vive le peuple allemand...

Puis il se retourna vers Heinz Wüllner.

— Vous connaissez la gravité de la situation, Wüllner. Soyez courageux. Nous n'avons pas le choix. Où se terminera cet embrasement mondial, et comment... ? Cela, seuls les dieux le savent. Et peut-être même pas eux.

Il serra la main du journaliste. Les deux hommes se regardèrent dans les yeux et sentirent qu'ils pensaient la même chose — et pourtant ils devaient vivre chacun pour soi. Cette époque qui clamait bien haut l'union populaire et la camaraderie, le « un pour tous et tous pour un », était en vérité l'ère de la pire solitude.

Qu'il y ait encore de tels hommes, même au plus profond du gouffre, c'est finalement réconfortant, songea Heinz Wüllner en prenant congé du docteur Elbers.

***

Hilde vit de loin arriver Heinz dans la Wilhelmstrasse. Il avait les mains profondément enfoncées dans son manteau, la démarche espiègle, une cigarette perdue au coin des lèvres.

C'était son mari qui venait ainsi à sa rencontre. Son mari ! Comme le mot la déroutait ! Elle savait si peu de chose de lui. Il n'avait rien raconté de ses souvenirs de guerre, rien dit de ses parents, de ses frères et sœurs, de sa famille. Quand il parlait, ce n'était que gentilles insolences ou remarques critiques sur la politique.

Elle se dissimula dans l'encoignure d'une porte et attendit. Il passa devant elle sans la voir, en chantonnant à mi-voix. Vite, elle se hâta de le rejoindre et le tira par la manche. Il se retourna. Lorsqu'il la vit, une lueur apparut dans ses yeux et il dit un peu trop haut :

— Bonjour ma petite femme, ma darling !

A son ton, elle sentit qu'il était énervé.

— Qu'est-il arrivé ? demanda-t-elle. Tu as l'air triste.

— Triste, non, seulement fatigué. Une nuit sans sommeil... *notre* nuit !

Il essayait de détourner la conversation, mais Hilde ne se laissa pas piéger.

— Quelque chose te préoccupe ! Le ministère ? Mauvaise nouvelle ?

Il esquiva la réponse et demanda :

— Si nous allions à l'Adlon ? Ou au Kaiserhof ?

Hilde hocha la tête.

— D'accord pour l'Adlon. Au Kaiserhof, tu rencontreras encore des gens du ministère. Et je n'ai pas envie que tu traînes toute la journée cette tête de croque-mort !

Il rit de la comparaison, mais il accepta son choix et ils se rendirent à l'Adlon.

Après un déjeuner plus délicat que copieux et comme le temps était beau, ils firent une promenade dans la neige et se retrouvèrent finalement devant leur zoo bien-aimé. Heinz se mit à jouer à cache-cache au milieu de la foule, réussit à disparaître et prit un billet d'entrée sans que Hilde le vît. Quelques secondes plus tard, elle l'aperçut lui faisant des grimaces derrière la grille.

Un gros homme d'aspect jovial, président peut-être d'une association de célibataires, tint à son voisin des propos philosophiques.

— Oui, oui, allez-y, les amoureux ! Aujourd'hui tout est merveilleux, c'est mon petit lapin, mon petit rat, ma gentille petite fée... Dès qu'ils seront mariés, elle deviendra une mégère, une virago, et j'en passe ! Il vaut mieux ne pas se marier.

Et il se moucha.

Mais son interlocuteur était père de dix enfants. Il regarda l'homme d'un air réprobateur.

— Ce que vous dites est dirigé contre notre gouvernement. Celui qui critique la famille est un ennemi de l'Etat. On devrait vous dénoncer à la Gestapo !

Le gros homme s'éloigna en tremblant. Son voisin

regarda autour de lui comme s'il avait voulu dire : « Vous avez vu la leçon que je lui ai donnée ! Vive le Führer ! »

Entre-temps, Hilde avait fini par parvenir jusqu'à la caisse, avait pris son billet et rejoint Wüllner qui, ayant entendu de loin le dialogue, aurait volontiers tordu le cou au père de famille. Lorsqu'il passa près de lui, il l'aborda.

— Vous vous êtes perdu ?

— Comment cela ?

— L'asile de fous, c'est par le métro !

Furieux, l'homme continua d'avancer. Hilde se retourna vers Heinz.

— Qui était-ce ?

— Un de ces fous qui parlent sans réfléchir. Douches froides et camisole. Dans ces cas-là, il n'y a pas d'autres remèdes.

Il attira Hilde vers une cage où se trouvait un lama.

— Sais-tu qui il me rappelle ? demanda-t-il.

— Un Tibétain ?

— Non, le docteur Ley !

Hilde pâlit et regarda autour d'elle. Il n'y avait personne à proximité et elle osa demander une explication. Heinz reprit :

— Je connais un conseiller ministériel au ministère de la Propagande. Le docteur Elbers. C'est le seul dans toute cette boutique qui soit encore capable d'avoir des sentiments humains. Quoi qu'il en soit, je l'ai vu entrer un jour dans son bureau et me dire : « Vous ne remarquez rien ? J'ai pris un bain, j'ai passé une heure avec le docteur Ley. » Amusante, la plaisanterie, non ? Quand on sait que Ley crache en parlant. Tout comme ce lama.

Hilde ne trouva pas la plaisanterie drôle. Elle ne dit rien et se contenta de hocher la tête. Ils s'arrêtèrent de nouveau, devant le pavillon des paons.

— Ça, c'est Goering ! Il fait la roue et il est trop bête pour s'apercevoir que le monde entier se moque de lui.

Devant la cage des hyènes il s'écria :

— Le double d'Himmler. Sournois, lâche, un fossoyeur.

Passant devant les oiseaux, il remarqua :

— Ce sont les animaux préférés de Goebbels. Surtout le coq de bruyère quand il est en chaleur. Il pousse les mêmes cris que Goebbels quand il traverse les bureaux de la UFA (1) à Belsberg et s'extasie sur les photos des actrices.

Il s'immobilisa longuement devant les singes, observant les chimpanzés, les gorilles, et hochant la tête d'un air entendu.

— Le ministère allemand des Affaires étrangères ! Des singes qui jouent avec notre planète.

Il se tourna vers Hilde pour qui cette promenade au zoo était devenue mortellement ennuyeuse.

— Ne t'inquiète pas, nous allons sortir tout de suite de ce théâtre. Mais il faut encore que je te montre l'animal nazi.

— L'animal nazi, demanda-t-elle, étonnée, qu'est-ce que c'est ?

— Une créature qui incarne parfaitement notre époque.

Et il lui montra une petite cage où évoluait une mouffette que l'on identifiait de loin à son odeur nauséabonde.

Ils s'enfoncèrent à l'intérieur du parc, là où la neige était encore intacte, dans le bienfaisant silence de la forêt. Heinz se baissa, faisant semblant de vouloir lacer ses chaussures. Il laissa partir Hilde en avant, prit une grosse boule de neige, et puis courut silencieusement. Au contact glacé, Hilde poussa un cri. Puis elle se retourna, se baissa à son tour, fit une boule de neige et, avant que Heinz eût réussi à se mettre à couvert, l'envoya sur son menton. La bataille de boules de neige qui suivit fut acharnée. Les passants souriaient en voyant ces deux jeunes gens se battre comme des enfants.

(1) Société cinématographique.

— Alors, fit enfin Hilde qui était parvenue à faire tomber Heinz et lui frottait le visage avec de la neige, vas-tu enfin te rendre? Tu reconnais que je suis le vainqueur?

— Seulement parce que tu m'as chatouillé... Et parce que tu es si gentille!

— Qui est le plus fort?

— Je me garderai bien de te répondre.

— Vraiment?

— Non!

Wüllner se retourna brusquement sur le côté et sauta sur ses pieds, envoyant rouler Hilde dans la neige. Puis il l'aida à se relever et déclara :

— Nous sommes de même force... Mais tu es une sale gamine.

Tous deux se regardèrent, éclatèrent de rire et s'embrassèrent. Ensuite Heinz amassa un bloc de neige, construisit un socle et demanda :

— Que faisait ton père, Hilde?

— Architecte.

— Fantastique. Alors, prouve tes origines et construis-moi un bonhomme de neige.

Une heure plus tard, le zoo s'enorgueillissait d'un gigantesque bonhomme de neige de deux mètres de haut avec un gros ventre, un visage non dépourvu d'intelligence, des yeux brillants comme des charbons ardents, un nez en carton. Il s'appuyait sur une solide canne en peuplier et semblait sourire d'un air entendu.

— Nous souhaitons à Votre Majesté longue et heureuse vie, déclara solennellement Heinz en prenant congé du bonhomme.

*
**

Wüllner s'immobilisa soudain à un croisement de rues.

— Hilde, je voudrais te demander quelque chose.

Depuis un quart d'heure, Heinz avait changé. Autant il s'était montré fou et insouciant au zoo, autant il s'était refermé sur lui-même depuis qu'ils avaient regagné la ville. Un brusque combat intérieur semblait se livrer en lui.

— Peux-tu rentrer seule chez toi ? Je viendrai dans une demi-heure... Je voudrais passer chez moi pour mettre certaines choses en ordre.

— Bien sûr, fit Hilde.

Elle se tourna doucement vers lui.

— Parfois, Heinz, tu es si sérieux...

— Pas du tout, lança-t-il, éludant la question. Chasse les pensées tristes... nous nous aimons, tout est bien...

Et il caressa les boucles folles.

— Bon, j'y vais, dit-elle courageusement. Ne rentre pas trop tard pour que nous puissions dîner tranquillement, regarder un peu les étoiles et bâtir des châteaux en Espagne...

Wüllner resta quelques instants à la même place, regardant fixement le sol. Puis il se dirigea vers le métro, prit un billet pour Dahlem et, pendant tout le trajet, resta plongé dans ses réflexions, comme un homme qui va prendre une grave décision.

Il traversa Dahlem, quartier de villas tranquilles habitées surtout par des notables, et s'arrêta devant une grande bâtisse de grès. Il déclencha l'ouverture électrique de la porte, entra et grimpa un escalier garni d'un tapis rouge. Sur une porte, en lettres d'or, à côté de petites armoiries, un nom était gravé : Heinz Wüllner.

La vieille Mme Lanke qui s'occupait de la maison l'accueillit dans le hall, non sans hocher la tête d'un air de reproche en remarquant son costume froissé, mais aussi à cause d'une si longue absence.

Une fois, Heinz lui avait dit : « Si je suis un jour en danger de tomber amoureux, prenez un manche à balai et tapez-moi dessus. Et si les filles font la queue devant ma porte, vous êtes mon ange Gabriel avec son épée de feu. »

— Dois-je aller chercher mon manche à balai ? dit-elle enfin.

Mais Wüllner aujourd'hui n'était pas d'humeur à plaisanter. Il jeta son chapeau sur le portemanteau.

— Aujourd'hui, c'est sérieux. Je me marie.

Mme Lanke chancela. Elle avait l'impression que l'épée de feu lui échappait. Elle sourit faiblement.

— Vous plaisantez, monsieur Wüllner ?

— Non, je ne plaisante pas. Et de plus : je vais repartir. Mes seize jours de permission seront terminés demain.

Mme Lanke sentit ses genoux faiblir.

— Vous voulez dire que...

Elle balbutiait, des larmes lui montaient aux yeux.

— Oui, fit Wüllner d'un ton décidé, c'est ainsi. Préparez mes affaires et déposez-les dans l'entrée. Je viendrai les chercher demain matin.

Il ouvrit la porte de la bibliothèque et y entra. C'était une grande pièce dont le lourd mobilier de style renaissance accentuait le caractère un peu rigide. Heinz Wüllner se laissa tomber sur un siège. Mme Lanke l'avait suivi.

— Dois-je ajouter trois nouvelles chemises ? demanda-t-elle d'un ton triste. Vous m'aviez écrit de vous les envoyer.

Elle ajouta, sans illusions car Heinz Wüllner répondait plus souvent non que oui à ses propositions, que des caleçons bien chauds seraient indispensables maintenant.

— Et c'est vous qui porterez tout ça ? Savez-vous, madame Lanke, que nous n'allons rien emporter du tout !

— Rien du tout ?

— Juste le nécessaire.

— Donc des chemises et des caleçons aussi !

— Seulement une paire.

— Il vaut mieux trois, marchanda-t-elle avec entêtement.

— Trop lourd...

— Ils vous tiendront chaud. Où allez-vous donc, cette fois ?

— Aucune idée. Je dois me présenter à Berlin W. Destination inconnue.

Il alluma une cigarette.

— J'ai encore une demande à vous faire.

— Oui ?

— Je voudrais être seul pendant un quart d'heure.

Mme Lanke tourna les talons et se dirigea vers la porte en reniflant bruyamment.

Heinz regarda autour de lui, s'imprégnant de l'atmosphère de la pièce. Aux murs, il vit les portraits de ses ancêtres. Il alluma le lampadaire car il commençait à faire sombre. Ils étaient tous là, souriants ou sérieux, dignes ou décontractés, les aïeux de la famille Wüllner. Le grand-père, fabricant de draps. L'arrière-grand-père, qui avait eu des usines de filature, et le père, Robert Wüllner, ancien président du gouvernement et délégué à la chambre du Landrat. En 1939, alors que la guerre embrasait le monde, Robert Wüllner était mort dans son sommeil au moment où la radio annonçait la prise de Varsovie. Quelque temps auparavant, il avait dit à son fils : « Remporter la victoire, ce n'est pas gagner la guerre. Crois-moi, je suis bien content de ne pas voir cette chute dans l'abîme. »

Deux jours plus tard, il décédait. Phtisie, avaient déclaré les médecins, mais Heinz Wüllner connaissait son père, ce vieux nationaliste convaincu : il avait voulu mourir pour ne pas assister à la décadence de son pays.

Heinz s'adressa au portrait de son père.

— Tu avais raison, père, comme toujours, dit-il doucement. Je n'ai pas voulu le croire, autrefois... Mais aujourd'hui, je sais que chaque heure de cette guerre ne fait qu'aggraver la situation. Et moi, je soutiens les criminels car je suis lâche, j'ai peur des représailles, je fais taire ma conscience en me disant qu'il me faut supporter ces monstruosités par amour pour mon pays. Je sais ce que tu dirais si tu étais là : « Arrête, mon fils, mieux vaut casser des cailloux, balayer des routes, que se rendre complice du mensonge. » Père, tu ne connais pas notre époque. Celui qui tend son petit doigt à cet Etat ne perd pas seulement toute sa main, mais toute sa tête. Aujourd'hui, on ne parle plus de liberté de la presse mais de camps de concentration, on ne parle plus de libre arbitre mais de Gestapo, plus de droits de l'homme mais de génocide. Parfois, je t'envie d'être mort à temps. Mais patience, je viendrai bientôt te rejoindre, je le sens...

Il attendit quelques instants, comme si le portrait pouvait lui donner une réponse, puis il se retourna et marcha de long en large. Il alluma une nouvelle cigarette et contempla les petits nuages de fumée qui s'envolaient en spirale jusqu'au plafond. Il ne put s'empêcher de penser à Mme Lanke qui lui avait interdit de fumer pour ne pas abîmer les rideaux de dentelle.

Ainsi, il avait une grande maison, une salle à manger, une bibliothèque, une salle de musique, des chambres, un bureau, une grande cuisine, un boudoir, des balcons, une terrasse au soleil, une salle de bains, tout le confort — un tel cadre appelait la présence d'une jeune femme, une femme qui apporterait sa vivacité et son dynamisme à ces mornes pièces.

Il pensa à Hilde. L'avait-il trouvé, ce rayon de soleil, cet éclair de jeunesse insouciante ? Pouvait-il dire qu'elle lui apportait le bonheur ? Certes, il pouvait maintenant amener une femme chez lui, mais à quoi tout cela rimait-il ? Demain peut-être, tout serait terminé et la mort serait désormais sa compagne. Il ferait le grand voyage vers l'inconnu, et tout ceci n'aurait plus de sens, cet immense amour de la jeunesse et de la liberté, du bonheur, ce désir d'atteindre au but de sa vie. Il ne serait plus qu'une chair inerte qui tomberait en poussière pour fertiliser les champs de bataille. Et elle, Hilde, se retrouverait seule au monde. Elle le pleurerait de toute son âme, et tout cela pourtant n'aurait pas de sens, car cette époque ne permettait pas que l'on partît à la recherche du bonheur. N'était-il pas irresponsable de vouloir s'attacher une fille comme Hilde ? Avait-il le droit d'empoisonner sa jeunesse, de lui voler son idéal, simplement pour pouvoir dire : « Je t'aime, tu es ma femme » ?

A cet instant, Mme Lanke entra dans la pièce.

— La chemise est déchirée, laissa-t-elle tomber froidement.

Cette phrase toute simple ramena Wüllner aux réalités quotidiennes, lui faisant l'effet d'une douche froide. Il se retourna et cria :

— Laissez-moi en paix !

Mais Mme Lanke n'était pas femme à se laisser impressionner.

— Ce sont vos chemises, pas les miennes. Et si vous voulez les emporter ainsi, ça m'est bien égal. Tous les artistes sont-ils donc aussi négligés ?

Heinz s'assit sur le bras d'un fauteuil.

— Madame Lanke, ne pouvez-vous donc imaginer que, ce soir, j'ai d'autres pensées en tête ?

— Bien sûr, mais ne vous laissez pas aller à la tristesse. Un homme ne doit se soucier que de l'avenir.

Il éclata de rire.

— Vous avez raison, comme toujours.

Il posa son bras sur les épaules de Mme Lanke.

— Avant de partir, dit-il, je veux faire avec vous encore une fois le tour du propriétaire... de cette maison où j'espère qu'une jeune femme emménagera bientôt.

Ils traversèrent lentement la salle à manger avec ses meubles en noyer massif de style baroque, le salon et son grand piano à queue laqué blanc, la chambre meublée en merisier, le boudoir de style rococo, aux teintes claires, et le bureau, petit et spartiate, aux boiseries de chêne. Dans la salle de bains en marbre vert, Heinz s'immobilisa quelques instants, tenté par la perspective de prendre un bain. Mais quand Mme Lanke voulut faire couler l'eau dans la baignoire, il refusa d'un signe. Pour la seconde fois, il se rendit compte à quel point il avait vécu solitaire dans cette demeure fastueuse qu'il devait en partie à ses acquisitions personnelles.

— Je vous vois demain matin ? lui demanda Mme Lanke, le tirant de ses préoccupations. Ou préférez-vous partir sans me saluer — comme la dernière fois ?

— Vous y pensez toujours ? sourit Heinz.

— Je ne l'oublierai jamais. Partir comme ça en Russie sans prévenir !

— Non, cette fois je vous dirai au revoir.

Il retourna dans le boudoir, ouvrit un tiroir de la bibliothèque et y prit un petit bouddha de jade. Il considéra la minuscule silhouette avec un large sourire.

— Mon petit bouddha. Sans toi, je ne serais jamais revenu du Tibet. Tu porteras bonheur à quelqu'un d'autre.

Il le fourra dans la poche de sa veste, quitta la pièce après un long regard vers le portrait de son père, enfila son pardessus, prit sous le bras une bouteille qu'il avait préparée et quitta l'habitation.

Quand il arriva à l'atelier de Hilde, une odeur de rôti vint chatouiller ses narines. Il gratifia sa chère cuisinière d'un long baiser et mit la bouteille de vin blanc au frais.

Puis il passa dans l'atelier et s'assit à la grande table. Le dragon avec ses yeux phosphorescents était toujours là et lui souriait, accroché au mur. Heinz prit un journal dans sa poche et ouvrit la radio. Il s'assit à proximité du petit bar, alluma le lampadaire et se mit à parcourir le journal. De la cuisine lui parvenaient les bruits de casseroles et il eut l'impression d'être déjà marié depuis longtemps. Quelques minutes plus tard, Hilde apporta le rôti sur un plateau.

— Carbonisé ? demanda Heinz en riant.

Hilde le fusilla du regard.

— S'il était brûlé, il faudrait que tu le manges quand même.

Il se leva, se mit à table et attendit patiemment qu'elle le servît.

— Platch ! fit-elle en laissant tomber une louche de purée dans son assiette. Mon père était maçon !

Et elle creusa un petit trou dans la purée où elle versa la sauce.

Heinz sourit : Hilde se comportait déjà comme sa femme, et pourtant elle n'était encore qu'une enfant.

— Tu n'as pas faim? demanda bientôt Hilde en levant les yeux.
— Je réfléchis.
— Ce n'est pas le moment de réfléchir, mais de manger!
La curiosité l'emportant, elle ajouta :
— Et peut-on savoir à quoi pense le bandit?
— A toi! Je me demandais quel était ton âge.
— Tu as parfois de curieuses pensées. Tu étais pourtant à mon anniversaire. Vingt-trois ans!
— Apparemment. Mais en réalité...
— Oh! une bonne centaine d'années.
— Bien sûr, fit Heinz en éclatant de rire. Moi, j'ai l'impression que tu en as à peine quinze.
— Et pourquoi?
— Parce que tu es restée un petit diable...
— Et toi tu resteras mon bandit, trancha-t-elle.
— Alors trinquons, fit Heinz en levant son verre.
— Et si on faisait un mariage à l'essai?
— Beurk!
Hilde l'entoura de son bras et lui chuchota à l'oreille :
— A partir d'aujourd'hui, tu vas rester auprès de moi, toujours... N'est-ce pas?
Brusquement, il devint sérieux. Il se mit à mâchonner en silence, ne prononçant que les mots indispensables. Hilde s'étonna de ce brusque changement d'humeur.
Qu'a-t-il donc, se demanda-t-elle. Ai-je dit quelque chose qu'il ne fallait pas?
— Tu as des soucis, Heinz? murmura-t-elle.
Il ne répondit rien. A la fin du repas, il alluma une cigarette. Sans un mot, Hilde débarrassa.
Heinz n'avait jamais été aussi indécis. Devait-il confier à Hilde la vérité sur son ordre de mission? Ou valait-il mieux ne lui laisser qu'un beau souvenir? Demain tout serait peut-être terminé... peut-être que la mort serait au rendez-vous? Dans ce cas, l'existence de Hilde serait brisée, et elle n'y résisterait pas, car elle était trop jeune, trop innocente, pour surmonter une pareille épreuve.

Il se mit à arpenter la pièce. Sa cigarette était éteinte depuis longtemps. Il maintenait le mégot au coin de sa bouche, et l'alternative qui agitait ses pensées tenait en deux mots : « Oui ou non ? »

Les bruits dans la cuisine s'interrompirent. Apparemment, Hilde avait fini de laver la vaisselle. Heinz alla la rejoindre. Il prit le torchon rayé de rouge posé sur le dossier d'une chaise et, sans un mot, commença à essuyer les assiettes.

Hilde le regarda et ne put s'empêcher de rire.

— Pourquoi ris-tu ? demanda-t-il un peu durement.

— Tes collègues devraient te voir ainsi... J'imagine leurs réactions !

Il posa l'assiette qu'il tenait et lança :

— M'aimes-tu, Hilde ? N'as-tu pas peur du bonheur ?

Avant qu'elle ait pu répondre, il retourna dans l'atelier, se réinstalla sur un siège et ferma les yeux.

Hilde le rejoignit et éteignit le lampadaire. Il sentit une main sur son front ; deux lèvres frôlèrent ses yeux, descendirent le long du nez, s'attardèrent sur sa bouche. Il sentit de petites dents pointues mordre légèrement sa lèvre inférieure. Il passa son bras autour de la frêle silhouette et l'attira sur ses genoux. Hilde se retrouva assise sur lui, la tête blottie contre son épaule, ses boucles caressant son visage.

— Non, chuchota-t-elle, je n'ai pas peur.

Heinz n'osait pas respirer, tellement cette minute était précieuse.

— Où serons-nous dans un an ? demanda-t-il pensivement.

— En 1944 ? Crois-tu que nous aurons toujours la guerre ?

Il hocha la tête.

— Tant qu'Hitler sera là, la guerre se prolongera. Mais tu ne veux pas entendre encore parler de politique, pas aujourd'hui !

Hilde le regarda avec étonnement.

— Est-ce donc un jour spécial ?

Il évita son regard et s'efforça de donner à sa voix l'apparence du détachement.

— Non... mais cette soirée est si belle, ce serait dommage de la gâcher avec cette sale politique.

— Rien d'autre ? risqua Hilde devenue méfiante. Ne me mens pas !

Elle lui tira l'oreille.

Il réussit à rire. Un rire un peu forcé, mais un rire tout de même.

— Que veux-tu dire ?

Elle avait la vague impression qu'il lui cachait quelque chose, quelque chose qui l'inquiétait. Mais elle savait qu'elle n'obtiendrait rien de lui en le harcelant. Elle appuya donc sa tête sur sa poitrine. Et ainsi enlacés, ils rêvèrent en silence.

Longtemps plus tard, Heinz demanda :

— Quelle heure peut-il bien être ?

Elle jeta un coup d'œil à sa montre-bracelet.

— Bientôt minuit.

— Minuit ? Si on mettait la radio ?

— Si tu veux.

Il se leva, se dirigea vers l'appareil et l'alluma. La montre de Hilde retardait, les informations de minuit étaient déjà terminées et Wilhelm Strienz chantait de sa voix de basse une chanson que tous les hommes du front écoutaient avec nostalgie.

Heinz débrancha la radio et, soudain, ce fut de nouveau le silence où s'entendait la respiration légère de Hilde. Un léger tremblement agitait son corps. Pleurait-elle ? Avait-elle froid ? Heinz la saisit gentiment par le menton, releva vers lui son visage, embrassa ses yeux. Elle sourit sous ses baisers.

— Je suis si heureuse... si incroyablement heureuse... Est-ce que cela va durer... est-ce que cela peut durer... Le bonheur peut-il durer, Heinz ?

Il glissa sa main dans sa poche, en retira le petit bouddha qu'il avait pris chez lui et le posa dans les mains de Hilde.

— Qu'est-ce que c'est ? Un bouddha ! Avec des yeux en rubis !

— Un souvenir du Tibet.

— Tu es allé aussi en Asie ?

— Avant la guerre, en 1938. A l'époque, je voyageais tout seul avec mon appareil photo, une auto et un chien de berger. Et ce bouddha m'a sauvé plusieurs fois la vie. A Lhassa, la ville sainte du Dalaï Lama, un grand prêtre me l'a donné en guise de laissez-passer, car il était interdit à un étranger, sous peine de mort, d'entrer dans la ville sainte ou de visiter les cloîtres. Au cours de ces mois-là, j'ai souvent été fait prisonnier. Ce petit bouddha m'a toujours sauvé. Il a été mon talisman pendant toutes les années qui suivirent — et il a bien rempli sa mission.

— Et tu le portes toujours sur toi ?

— Pas toujours. Mais, à dater de ce jour, il devra porter bonheur à quelqu'un d'autre, le rassurer, le consoler. Prends-le, il t'appartient.

— Non, Heinz !

— Prends-le ! A dater de ce jour, j'ai un nouveau talisman : ton amour !

Hilde caressa délicatement le petit ventre de jade rebondi et les yeux de rubis.

— Je te remercie, Heinz... Il me fera penser à toi chaque fois que je le verrai.

— Tu trouves qu'il me ressemble ?

— Il t'a sauvé la vie. Il a été ton compagnon dans les dangers... Il est un peu de toi... Je l'aimerai et je le porterai toujours sur moi, et sa bouche souriante me chuchotera à l'oreille : « Je te salue de la part de ton bandit... »

Elle blottit de nouveau sa tête contre l'épaule de Heinz. Doucement, il la souleva, la porta sur le canapé, l'allongea sur les coussins. Puis il se dirigea vers la penderie, prit son manteau et revint vers Hilde.

Elle le regarda avec étonnement.

— Tu t'en vas ?

— Il le faut ! Demain matin — enfin, ce matin — j'ai une réunion de travail à Potsdam. Il faut que je prenne le premier train.

— Je suis si seule sans toi...

— Demain, après-demain... Je resterai près de toi, tu pourras rêver dans mes bras...

Hilde se redressa.

— A quelle heure reviendras-tu demain ?

Il évita son regard et mentit.

— Je serai là vers onze heures.

Mais il ajouta :

— Sauf contretemps...

Puis il la prit dans ses bras, l'embrassa avec passion, promena ses lèvres sur son cou et balbutia :

— Pense à moi, pense bien à moi... je t'aime... Pardon... Pense à moi...

Puis il s'arracha à cette tendre étreinte, courut vers la porte, ouvrit, et d'un pas mal assuré s'enfonça dans la nuit sombre et froide.

En tremblant, Hilde se laissa retomber sur les coussins, enfonçant dedans ses ongles pour ne pas crier. Elle ne savait pourquoi elle se sentait si angoissée, elle ignorait ce qui l'inquiétait, mais son cœur se serrait. Elle avait envie de hurler, de sangloter. Elle tremblait de tout son corps.

Elle s'endormit ainsi... accrochée aux coussins, la tête enfouie sous eux, le visage mouillé de larmes, épuisée.

Cette nuit-là, deux promeneurs attardés aperçurent au jardin zoologique un homme immobile devant un grand bonhomme de neige, la main sur son visage. Il leur sembla qu'il pleurait.

*
**

Le lendemain, Hilde prépara la table avec amour. Les derniers grains de café, un peu de gâteau acheté au marché noir, au milieu, dans un grand vase, un bouquet de narcisses que Heinz lui avait fait porter une demi-heure plus tôt. Aucune carte n'accompagnait les fleurs et le livreur jura qu'on ne lui en avait pas donné. Elle fut un peu étonnée qu'il envoyât des fleurs alors qu'elle l'attendait, mais elle chassa cette pensée.

Elle jeta un dernier coup d'œil sur la table, tira sur la

nappe pour faire disparaître les derniers plis, et regarda dans la glace comment tombait sa nouvelle robe.

Le temps s'écoula rapidement. Il était déjà dix heures et demie. Mais Heinz avait dit qu'il viendrait vers onze heures. Elle s'assit dans un coin, prit un livre et s'absorba dans les pensées du philosophe Schelling. Elle ne vit pas le temps passer. Et ce fut seulement lorsque la pendule sonna midi qu'elle sursauta.

Alors, elle commença à marcher nerveusement dans l'atelier, se remémorant les détails de la soirée de la veille, le silence, puis les bizarres déclarations. « Pense à moi, pense bien à moi », avait-il répété. Et soudain, l'affolante vérité se fit jour dans son esprit. Voilà, il avait pris congé d'elle pour toujours. Elle ne le reverrait jamais plus. Elle n'entendrait jamais plus sa voix. Elle ne sentirait jamais plus ses lèvres et le doux contact de ses mains. Mais pourquoi, mon Dieu, pourquoi ? Que lui avait-elle fait pour qu'il lui envoie des narcisses et enterre ainsi son amour ? Tout n'avait-il donc été que mensonge ?

D'un bond, elle se releva, arracha les fleurs du vase, les jeta à terre et les piétina. Mais à peine avait-elle terminé qu'elle s'agenouilla, posa ses joues contre les frêles tiges écrasées et laissa couler ses larmes.

C'est ainsi que la trouva Mamie Bunitz en revenant de faire des achats. Couchée à terre, Hilde pleurait en embrassant ses fleurs. Pour Mamie Bunitz, l'affaire n'eut pas de mystère. Elle avait déjà consolé tant de filles dans son appartement. Toutes aussi désespérées qu'Hilde Brandes.

— Ce bon à rien vous a quittée ?

Hilde leva les yeux.

— Je ne sais pas, sanglota-t-elle en se relevant. Oh ! je ne sais pas...

Et elle raconta leur soirée. Elle répéta les derniers mots de Wüllner, ajoutant qu'elle l'attendait et que l'heure était passée.

Le visage de Mamie Bunitz devint grave.

— Il devait être ici à onze heures ? Et vous dites qu'il

était très perturbé ? Enfant, enfant... Ce n'est pas un vaurien, c'est un lâche, un grand lâche...

— Comment ça, Mamie Bunitz ?

— Je viens justement de voir Mme Wirz. Son fils part aujourd'hui au front avec un transport de troupes... en Russie... départ à onze heures trente, gare du zoo... Il a laissé un petit billet sur lequel était écrit entre autres : « Nous avons touché un nouveau lieutenant — un type épatant ! »

— Heinz ! Heinz en Russie ?

Elle se jeta en sanglotant dans le fauteuil et cacha son visage dans ses mains. Mamie Bunitz s'approcha et caressa ses cheveux.

— Allez chez lui. On sait sûrement où il est allé.

— Mais je ne peux pas aller chez lui... Vous croyez que je dois vraiment y aller ?

— Oui, et tout de suite. Et ça se dit rédacteur en chef ! Partir pour la Russie sans même prendre congé, parce qu'il a peur... Il m'entendra, celui-là, si je le revois. Et maintenant, mettez votre manteau. Où habite-t-il donc ?

— A Dahlem.

— Alors, allez à Dahlem. Si vous apprenez que c'est lui le nouveau lieutenant, essayez de trouver son unité. Vous arriverez peut-être à temps.

— Mais où ?

— La plupart des transports de troupes font un arrêt à Friedrichshafen avant de partir pour Francfort-sur-l'Oder, puis vers l'Est. Mais dépêchez-vous !

Elle alla chercher elle-même le manteau de Hilde, l'aida à le passer, prit le foulard, le noua autour des cheveux et lui tendit son sac. Puis elle poussa la jeune femme jusqu'à la porte et ferma celle-ci derrière elle d'un geste énergique.

***

A Dahlem, Mme Lanke n'avait toujours pas accepté que Wüllner l'eût laissée une fois de plus dans l'incertitude. Lorsqu'il avait pris congé, à onze heures trente, il s'était contenté de déclarer : « Continuez à être mon ange Gabriel et surveillez notre paradis. N'abaissez votre épée de feu que si se présente une jeune femme mince, blonde, avec de grands yeux bleus, et si elle s'appelle Hilde Brandes, car elle sera un jour ma femme. Si elle est triste, consolez-la, soyez pour elle une mère comme vous l'avez été pour moi. Le mieux serait qu'elle vienne habiter ici. Mais peut-être ne la verrez-vous pas du tout — j'aurais bien mérité qu'elle ne veuille plus entendre parler de moi. »

Puis il était parti, la laissant avec son chagrin. Consoler une jeune femme ! Elle ne trouvait même pas les mots pour se consoler elle-même.

Lorsqu'on sonna à la porte, elle ne fut pas surprise et alla ouvrir aussitôt. Devant elle se tenait une inconnue en larmes.

— Entrez, se contenta de dire Mme Lanke.

Elle conduisit la jeune femme dans la bibliothèque et la poussa gentiment dans un grand fauteuil.

— Vous voulez parler à M. Wüllner, n'est-ce pas ? Vous vous appelez Hilde Brandes ?

— Oui.

Elle n'avait dit qu'un mot, mais ce mot à lui seul était une question angoissée. Il renfermait une attente, un espoir, une indicible souffrance. Mme Lanke le sentit aussitôt et s'assit à côté de Hilde sur l'un des bras du fauteuil.

— Il n'y a rien à faire, mon petit. Heinz est parti très loin... Quant à savoir quand il reviendra, nous n'en n'avons aucune idée. Ni l'une ni l'autre.

— Je sais, il est en Russie. Il a été nommé lieutenant.

— Peut-être, oui, mais pas en Russie.

Hilde sursauta.

— Pas en Russie ?

— Non, il a été envoyé dans les Balkans. Comme jounaliste pour la radio. Il m'a rappelée pour me le dire.

— La radio ? répéta Hilde. Heinz est journaliste à la radio...

Correspondant de guerre ! Il faisait donc partie de ces hommes qui risquent leur vie en première ligne avec un appareil photo ou un micro pour raconter les événements au reste du monde !

Mme Lanke entoura Hilde de ses bras et tenta de la consoler.

— Mon enfant... ma chère petite... nous attendrons ensemble, jusqu'à ce qu'il apparaisse devant la porte et me dise : « Ange Gabriel, as-tu bien gardé mon paradis ? »

— Ange Gabriel ?

Mme Lanke opina du bonnet.

— Son ange Gabriel — c'est comme cela qu'il m'appelle — a eu parfois bien du mal à chasser celles qui voulaient le rejoindre.

— Il recevait tant de visites ?

— Hmm ! Pas mal pour un célibataire...

— Rien que des femmes ?

— On ne doit pas poser cette question-là !

— Je suis jalouse... Je l'aime tant.

— Il ne faut pas. Vous avez tout l'avenir devant vous.

Lorsque Hilde se fut un peu calmée, Mme Lanke se rendit à la cuisine, prépara un thé rapide et déposa quelques petits fours dans une assiette.

Hilde alors regarda autour d'elle. Elle s'étonna de l'élégance bourgeoise qui l'entourait, bien qu'elle fût un peu lourde et sombre... Les doubles rideaux épais, les vieilles dentelles, les tapis — tout contribuait à rendre l'atmosphère assez pesante et incitait à la mélancolie. Elle découvrit un portrait dont la ressemblance avec Heinz était frappante, mais le regard du père était plus dur.

Elle ne put s'empêcher de sourire en le comparant à son cher bandit. D'un geste inconscient, elle ramassa un papier qui traînait à terre, tombé sans doute du tiroir à moitié ouvert du bureau. Intéressée, elle commença à lire. C'était un poème. Un poème de Heinz.

A toi que j aime
Ton nom bien-aimé je veux le taire,
Car tu es braise et tu es mère,
En toi s'abîment mes pensées,
Et mon âme et ma volonté,
Tu es comme un bourgeon qui s'ouvre,
A la rosée du petit jour,
Tu es l'origine du monde,
Tu es la vie, tu es l'amour.

Tout en lisant, Hilde avait haussé le ton sans s'en rendre compte. Mme Lanke, entrée silencieusement, s'était assise dans un coin et attendait qu'elle eût terminé. Quand Hilde eut prononcé le dernier mot, elle versa le thé et prit place à côté de la jeune fille.

— Vous avez une belle voix, reconnut-elle.

Hilde ferma les yeux et sourit.

— Vous auriez dû être actrice, ajouta Mme Lanke.

— J'ai toujours rêvé de monter sur les planches. Mais mon oncle n'a pas voulu... Que dites-vous du poème de Heinz ? Moi qui pensais que c'était un bon à rien, un plaisantin, en dépit de sa situation, car il prend tout en se jouant, tout à la légère, même l'amour. Et maintenant, ce poème ! Je n'aurais jamais cru... L'aimez-vous aussi, comme moi ?

— Il est mon second fils, mon petit. Et vous serez ma fille.

— Si vous voulez de moi... prononça Hilde timidement en baissant les yeux. Si vous ne m'en voulez pas de vous avoir enlevé Heinz.

— Enlevé ? Depuis longtemps il fallait à ce vaurien une femme comme vous !

— Avez-vous connu son père ?

— Oui ! C'était un homme dur, comme le montre son portrait. Un grand bourgeois. Lorsqu'il a su que son fils voulait devenir artiste, il l'a collé dans un internat. Mais Heinz faisait le mur pendant la nuit. Il s'était acoquiné avec les acteurs d'un théâtre ambulant. Son père apprit bien vite où il se cachait. Il est allé le chercher en plein milieu d'une représentation —

à dix-huit ans, Heinz jouait le vieux Maure dans *les Brigands* de Schiller — et il lui fallut, sous sévère surveillance, obtenir son Abitur (1) et préparer une licence de philosophie. Mais après avoir passé l'Abitur, il s'orienta vers les sciences, pour finalement entrer à l'opéra, comme baryton. Puis il se dirigea vers le journalisme, écrivit toute une série de pièces de théâtre et de livres, fut nommé rédacteur en chef et, grâce à ses remarquables commentaires à la radio sur la politique, la littérature et l'art, il est devenu célèbre... Sa vie reflète bien ce qu'il est : un esprit inquiet, toujours plein d'idées nouvelles et de projets, toujours prêt à plaisanter. Tout le monde ne supporte pas son ironie...

— Cher bandit ! prononça doucement Hilde. Mais je vais l'aider à changer ses habitudes. Il va trouver le calme et un foyer...

Mme Lanke étreignit Hilde avec ferveur.

— Bravo ! Apportez la paix et la tranquillité dans sa vie ! Il en a besoin. Mais pourquoi ne resteriez-vous pas ici, dans cette maison ? Vous serez sa femme, vous organiserez tout à votre guise. « Veillez sur elle et prenez là auprès de vous. » Ce furent ses derniers mots.

Soudain, prise de scrupules, elle ajouta gravement :

— Mais il faut d'abord demander à vos parents si cela leur convient.

— J'ai déjà demandé à mon père et à ma mère. Ils sont d'accord et me donnent leur bénédiction, répondit simplement Hilde.

— Vous leur en avez déjà parlé ?

— Oui, en prière... Je n'ai plus de parents...

Mme Lanke sentit que l'amour maternel qu'elle avait voué jusqu'ici à Heinz Wüllner s'étendrait à cette douce jeune femme. Elle prit la tête de Hilde entre ses mains usées, l'embrassa sur le front et dit :

— Je serai donc votre mère... et vous m'appellerez maman... si vous en avez envie.

Hilde enfouit sa tête contre la poitrine de la vieille dame, se contentant d'acquiescer. Mme Lanke eut

(1) Le baccalauréat.

du mal à cacher son émoi et déclara d'un ton bourru :

— Et maintenant, buvons ce thé et mangeons. D'accord ?

— D'accord ! répondit Hilde.

Et elle raconta comment elle avait connu Heinz — la rencontre dans le métro, le bout de crayon mal aiguisé, le journal vieux de deux jours, le virage brusque et la charmante insolence de Wüllner.

De temps en temps, Mme Lanke commentait.

— Typique, typique.

— Ma mère était aussi fragile que moi, indiqua Hilde en souriant. Elle avait à peine dix-huit ans quand elle a rencontré mon père dans un bal... ce fut tout de suite le grand amour. Mais mon grand-père était contre leur mariage, sa fille était trop jeune. Alors mon père, pourtant si réaliste, s'est comporté de manière très romantique ; il a enlevé ma mère pendant la nuit et l'a emmenée en Italie. C'est là-bas qu'ils se marièrent. Ils habitèrent successivement Venise, Gênes, Milan. Quand un travail important appela mon père à Naples — c'était un architecte connu — il partit avec ma mère dans la ville du Vésuve, bien que les médecins le lui aient déconseillé. Elle était alors enceinte de moi et les médecins pensaient qu'elle ne supporterait pas le voyage. Mais mon père devait se rendre d'urgence à Naples, sous peine de perdre un contrat important pour son avenir. Ma mère, qui ne voulait pas être un handicap pour lui, ignora tous les avertissements qu'on lui avait donnés et le suivit. Ce fut une erreur. Ce qui devait arriver arriva. Peu avant Naples, commencèrent les premières douleurs. Mon père fit aussitôt conduire ma mère dans la meilleure clinique, et c'est là que je vins au monde, après douze heures d'épouvantables douleurs. Cinq jours plus tard, ma mère mourait. Totalement anéanti, mon père résilia son contrat, retourna en Allemagne, se réinstalla dans sa villa des environs de Berlin et, après une émouvante cérémonie, enterra ma mère. Sur la tombe, il fit ériger un grand monument de marbre portant l'inscription : « Partout ton amour m'accompagne, tu n'es pas morte, dans mon cœur tu vivras éternellement... »

— Et votre père ?

Mme Lanke aimait déjà cet homme à cause de l'amour qu'il avait porté à sa femme. Elle l'imaginait très bien — un artiste au cœur tendre, mais doté d'énergie, ayant fait de son épouse le centre de sa vie, épouse qui avait dû ressembler à Hilde, la future femme de Heinz.

— Mon père est mort quand j'avais cinq ans. Après le décès de ma mère, il a perdu toute joie de vivre. Il m'a fait élever par une dame de compagnie. J'avais beaucoup de liberté, plus que les autres filles de mon âge. Mais mon père avait un gros défaut. Il ne faisait confiance qu'à lui-même. Il escaladait les échafaudages de ses chantiers pour vérifier si tout avait été exécuté selon ses prescriptions. Et un jour, une planche a cédé sous ses pieds. Il est tombé de sept mètres de haut et s'est brisé la colonne vertébrale. Il est resté trois mois à l'hôpital complètement paralysé, jusqu'à la fin... Tranquillement, sans souffrance, il s'est endormi. Mon oncle, le frère de ma mère, est devenu mon tuteur ; c'est lui qui m'a élevée, m'a inscrite au lycée. « Tu pourras choisir ton métier, me disait-il, mais pas une activité artistique. » L'art est considéré comme une malédiction dans notre famille. Ma mère était dessinatrice de mode. J'ai donc choisi la psychologie avec l'intention d'embrasser plus tard une carrière sociale. J'ai dû payer moi-même la plus grosse partie de mes études car, pendant l'inflation, mon oncle a pratiquement tout perdu et il n'a pu me donner que peu d'argent. J'ai fait de la couture, donné des cours particuliers, dessiné et peint ici et là, et, ma foi, je m'en suis bien sortie... Et maintenant me voilà !

Mme Lanke était à la fois si étonnée et émerveillée des manières simples de cette jeune femme, de sa spontanéité, qu'elle resta quelques instants sans parler, admirant les grands yeux bleus tournés vers elle.

— Et que voulez-vous faire maintenant ? demanda-t-elle finalement.

— Continuer mes études, donner des cours, vendre

des tableaux... et attendre Heinz... Un, deux, trois ans... jusqu'à la fin de la guerre.

— Et il ne vous a vraiment rien dit, ce vaurien ?

— Absolument rien, et je n'arrive pas à me l'expliquer.

— Il a eu peur, c'est tout. Peur d'avouer qu'il ne reviendrait peut-être jamais. Il n'a pas voulu rendre vos adieux trop difficiles.

— C'est ce que dit aussi Mamie Bunitz.

— Qui est Mamie Bunitz ?

— Ma logeuse. Une femme charmante. Elle sera triste si je la quitte... Mais, de toute façon, je garderai mon atelier. Quand j'ai du temps libre entre deux cours à l'université, il serait trop long de revenir en métro jusqu'à Dahlem, et puis c'est pratique d'avoir un second pied-à-terre.

— Invitez donc Mamie Bunitz un de ces jours, ici... chez vous... J'aimerais bien la connaître. Pourquoi ne viendrait-elle pas prendre le café dimanche prochain ?

Les pensées de Hilde retournèrent vers la table qu'elle avait si bien préparée, les narcisses, et la longue attente. Une grande tristesse l'envahit de nouveau.

— Où peut être son train maintenant ?

— Heinz ? Il n'est pas parti par le train !

— Pas par le train ?

— Non, il a pris l'avion à Tempelhof pour Belgrade, puis de là, il ira en voiture jusqu'au front des Balkans. En ce moment, il doit survoler Vienne. — Le regard de Mme Lanke se fit langoureux. — J'aimerais bien prendre l'avion un jour... Survoler les villes et les villages, voir le monde au-dessous de moi. Mon Dieu ! ça me rappelle mes rêves de gamine quand voler n'était encore qu'une chimère et que j'imaginais que je crachais sur la tête des gens en bas...

6

Cerné de murailles rigides d'où s'élancent torrents et avalanches, le petit village de Petrovna est l'un de ces nids d'aigle perdus en pleine montagne où les paysans yougoslaves tirent leur frugale nourriture de maigres pâturages et de quelques cultures en terrasse. Serrées contre les parois abruptes, de préférence sur un surplomb rocheux qui les protège des avalanches, poussent de petites maisons en argile et en pierre, grises, sans grâce, étroites et sentant le moisi.

Les ruisseaux qui descendent en chantant de la montagne fournissent l'eau; quelques chèvres noires fournissent le lait, le fromage et le beurre, qui fond et rancit en été quand chauffent les murs de pierre et que l'air flamboie.

Au reste, la vie de ces paysans yougoslaves des Alpes est si paisible qu'ils s'étonneraient si un étranger égaré dans cette contrée sauvage leur affirmait qu'il existe ailleurs autre chose que des rochers, des torrents, des chèvres et le dur labeur.

Mais au cours de ces journées de décembre 1943, l'aspect du village s'était transformé de fond en comble. Les paysans avaient cédé la place aux soldats. Les maisons s'ornaient de sous-vêtements et de chemises séchant au vent, et les Allemands, assis devant les portes, faisaient la chasse aux poux et aux puces dans les replis de leur caleçon.

Là où naguère le torrent se jetait dans le petit lac, on voyait maintenant un pylône chargé de fils qui couraient vers la montagne et dans le village jusqu'à la maison du maire. Plus loin une grande tente portait le drapeau de la Croix rouge et un écriteau : « Poste de secours. » Entre les vrombissements des voitures sanitaires et des estafettes, on entendait le gémissement des blessés qui troublait le silence habituel de ce paysage.

Petrovna était devenu le Q.G. de la division. Le général Beyering, installé là avec son état-major, semblait avoir trouvé un certain plaisir au charme étrange du paysage, même au prix d'une relative insécurité, le front n'étant distant que de sept kilomètres. On percevait distinctement, en effet, les tirs et les explosions d'obus d'artillerie, les rafales de mitrailleuses et l'aboiement plus clair des mortiers. Parfois, un gros obus explosait dans le voisinage, mais Beyering se contentait de sourire, estimant que du moment que la guerre était quelque chose de désagréable, il était logique que des obus explosent. Il ne comptait pas les blessés.

Passionné de natation, il se baignait par tous les temps dans le petit lac, et ne voyait aucun des inconvénients de la position du Q.G., seulement son avantage personnel.

Par ailleurs, il avait trouvé dans le village une charmante fille qui avait été placée quelques années plus tôt à Split, dans une famille de commerçants allemands. Bien qu'elle parlât un allemand exécrable, il l'avait quand même engagée comme interprète, comptant sans doute qu'elle serait plus compétente en d'autres domaines. Il avait vu juste et il n'y avait plus moyen de l'arracher au village de Petrovna.

Alors que Beyering profitait des avantages de son interprète, un lieutenant, son sous-lieutenant et trois hommes tapis dans une anfractuosité surveillaient un défilé, à quatre kilomètres de Petrovna. Leurs visages étaient sales, graves, marqués par la fatigue.

— Ça fait combien de temps qu'on est là, Willy?

demanda le lieutenant en tirant sur sa pipe dont il recouvrit le foyer de sa main pour empêcher les étincelles de s'envoler.

— Trois jours, Heinz, répliqua le correspondant de guerre Wilhelm von Stohr. Et si ça continue, nous y sommes encore pour trois semaines.

Heinz Wüllner fit la grimace.

— Curieuse fantaisie du destin. On rentre tous les deux de Russie, on file tous les deux en permission, on pense l'un à l'autre. « Où peut-il bien être ? » se demande-t-on. Puis voilà qu'on m'expédie dans les Balkans. Et qui je rencontre dans ce trou pourri de Petrovna ? Willy ! Le gentil Willy... comme disaient les petites Françaises.

Wilhelm von Stohr esquissa un sourire.

— La France. Oui, je me souviens. A l'époque, je croyais fermement que l'Allemagne avait vaincu le monde. Et alors les coups durs ont commencé... Russie, Afrique, Italie, Balkans, Grèce... Aujourd'hui nous voilà en train de combattre ces partisans de Tito et personne ne sait pourquoi. Ce pays ne nous appartient pas, il ne fait pas partie des territoires qui nous intéressent — en tout cas pas moi — et Tito défend sa patrie comme nous le ferions à sa place. Mais on traite ses soldats comme des bandits de grands chemins, on abat les prisonniers, on opère les blessés sans ménagement... Je m'étonne d'être encore sous-lieutenant... On devrait brûler nos galons...

Heinz Wüllner, son micro à côté de lui, observait la contrée.

— Il est trop tard, Willy, pour changer quoi que ce soit. Il aurait fallu se réveiller plus tôt. Il ne nous reste plus qu'à obéir et à verser notre sang... Tout le reste est interdit.

— Mais nous sommes encore des hommes.

— Nous avons été des hommes. Aujourd'hui tu es un national-socialiste, une machine sans pensée, sans âme. Tu es devenu un robot parce qu'il y a huit ans tu as choisi de dire oui quand le Führer nous a demandé si nous étions satisfaits de sa politique.

— Je n'ai jamais dit oui. J'ai fait une croix sur le oui et sur le non.

— Peut-être. Mais 97 % ont voté oui. Et sais-tu pourquoi ? Parce que les urnes n'ont même pas été ouvertes, on s'est contenté d'annoncer : « Mein Führer, 97 % de oui ! » Et les bulletins de vote ont été brûlés la nuit même.

— Ce n'est pas vrai, Heinz. C'est une grossière calomnie.

— Je connais des hommes qui ont été scrutateurs pendant le vote et dont on a acheté le silence.

Un frisson parcourut Wilhelm von Stohr.

— Tu es donc convaincu que nous avons été dupés depuis le début ?

— Ça s'appelle « l'art de conduire les foules ».

Soudain, devant eux, dans les rochers, il y eut un mouvement. Heinz saisit son micro, Stohr arma sa caméra. Quelques soldats de Tito s'approchaient en rampant sur l'avancée rocheuse qui dissimulait Heinz Wüllner à leurs regards.

Avec précaution, les trois soldats allemands qui assuraient la protection des deux journalistes se mirent en position de tir et engagèrent un chargeur de cinquante balles dans leur mitraillette. Calme comme à l'exercice, le premier tireur visa la patrouille.

— Il n'y a rien à enregistrer, chuchota Heinz à son ami, mais tu peux tourner quelques images.

Au même instant, le tireur numéro un se tourna vers ses copains.

— Qu'est-ce que vous en dites ? chuchota-t-il... Une salve, dix coups, et je vous parie que j'abats toute la colonne.

Le deuxième tireur fit la moue.

— A cette distance ? Jamais !

— Avec dix balles ? Impossible ! renchérit le troisième.

— Doucement ! souffla Heinz.

Les hommes se turent.

Le petit groupe avançait lentement, conduit par un lieutenant et un sergent, ainsi que Heinz put s'en assurer grâce à ses jumelles.

Willy, qui avait vissé le téléobjectif sur sa caméra, posa l'appareil sur une pierre en saillie, attendant une occasion favorable. Le calme alentour était impressionnant. On n'entendait même pas le grondement de l'artillerie. Un sentier paisible, encaissé entre les montagnes... où pourtant la mort guettait...

Le chemin bifurquait légèrement, et c'était ce coude que négociait maintenant le lieutenant yougoslave suivi de ses huit hommes.

Presque tendrement, Willy enfonça le bouton sur le côté de sa caméra : un léger bourdonnement résonna au milieu des rochers. Ce pouvait être un moustique ou une abeille en train de butiner — mais non, c'était l'œil de l'ennemi enregistrant chacun des mouvements des hommes de Tito afin de les projeter la semaine suivante dans des milliers de cinémas, devant des millions de spectateurs allemands.

Le tireur numéro un n'avait pas accepté le scepticisme de ses camarades quant à ses capacités de tireur.

— Je peux toucher le lieutenant d'une seule balle dans le front ! assura-t-il.

Le sourire sarcastique de ses camarades le rendit encore plus nerveux.

— Cinglé ! fit le numéro deux en tapotant sa tempe de son doigt.

Le tireur numéro un perdit son calme.

— Qu'est-ce qu'on parie ?

— Une cigarette.

— Mais, en plein dans la tête !

— Rien de plus facile.

Il se retourna vers Heinz.

— Attention, je tire...

Heinz n'eut pas le temps d'intervenir.

Le tireur numéro un déjà pressait la détente. Le coup se répercuta violemment parmi les rochers. Ce fut pour Heinz comme un cri d'angoisse de la nature. Le lieutenant visé jeta son arme en l'air et tomba en arrière. Puis un pistolet mitrailleur, par courtes salves, arrosa les sept hommes qui s'enfuirent en trébuchant.

Avec un rictus de satisfaction, le premier tireur prit la cigarette qu'on lui tendait et la mit dans sa bouche. Heinz, saisi d'une fureur incontrôlable, la lui arracha des lèvres en s'écriant :

— Tu n'as pas honte !

— Pourquoi ?

— Un homme ne vaut-il pas plus pour toi qu'une cigarette ?

— Mais ce n'était qu'un salopard !

Il était stupéfait du comportement de son lieutenant, qui lui paraissait bien sentimental. Et pourtant n'était-il pas décoré de la croix de fer ! Où l'avait-il obtenue ?

Cependant, il ne se baissa pas pour ramasser la cigarette. Ses camarades, interdits aussi, regardaient le sol avec embarras.

Wüllner se détourna, rempli de dégoût. Un homme avait été tué à cause d'un pari. Il avait sans doute une femme et des enfants... et une mère qui priait pour lui jour et nuit. Elle recevrait bientôt une lettre : « Tombé pour la patrie au champ d'honneur ! » Et le père serait fier de lui et dirait : « Mon fils est mort en brave, en combattant pour sa patrie. » Alors qu'en réalité, ce patriote yougoslave était tombé parce qu'un soldat allemand avait eu envie d'une cigarette...

Heinz Wüllner se glissa hors de son trou et se tourna vers Willy.

— Il faut que j'aille le voir. Tu viens ?

— Oui. J'ai filmé sa mort.

Ils s'approchèrent de l'homme couché par terre, les bras écartés.

C'était un gars jeune, aux cheveux noirs, au visage bien dessiné, basané, la silhouette sportive, un vrai fils des Balkans. Il avait un petit trou au milieu du front... C'était un coup de maître.

Heinz déboutonna sa veste, en sortit un portefeuille et l'ouvrit. Tout de suite, il vit une photographie, format carte postale — celle d'une jolie jeune femme avec deux enfants, une petite fille et un garçon qui vraisemblablement faisait ses premiers pas... Brusquement Heinz tourna les talons et regagna rapidement sa tente dressée dans une anfractuosité du rocher, presque invisible de l'extérieur. Il se jeta sur sa paillasse, tira la couverture de laine sur lui comme s'il avait froid, et ferma les yeux. C'en était trop. Il resta ainsi jusqu'au soir. Von Stohr, qui lui adressa plusieurs fois la parole, ne reçut pas de réponse.

⁂

Wilhelm von Stohr eut une autre raison de garder de Petrovna un affreux souvenir.

Il était de retour au village depuis la veille. C'était un jour de trêve, et il prenait paisiblement un bain de pieds dans le petit lac tout en dessinant sur un bloc-notes les rochers devant lui. Son crayon courait sur le papier. Il était tellement absorbé par son travail qu'il ne remarqua pas la présence derrière lui d'une jeune fille qui regardait avec intérêt par-dessus son épaule.

Il ne se rendit compte de sa présence que lorsqu'elle s'assit sur les pierres à côté de lui, plongeant elle aussi ses pieds dans l'eau. Elle avait des yeux noirs brillants comme des charbons ardents. En artiste, le cameraman apprécia le doux arrondi du visage, la peau brune, les boucles noires, le cou délicat et les épaules rondes, la poitrine haute, parfaitement dessinée. Sa jolie silhouette, ses genoux lisses que dissimulait à peine la courte jupe, les chevilles fermes... tout en elle respirait la santé et la vigueur. Il regarda ses lèvres rouges, bien pleines.

— Es-tu d'ici ? demanda-t-il en allemand à tout hasard.

— Oui, de Petrovna.

Elle savait l'allemand ! C'était inespéré.

— Comment connais-tu ma langue ?

— J'ai été placée chez un commerçant allemand. A Split.

Elle lui adressa un sourire séducteur. Il n'y résista pas, se leva, la prit dans ses bras et plaqua sur ses lèvres un baiser passionné. Puis il la relâcha, attendant sa réaction, mais le baiser semblait avoir beaucoup plu.

La jeune femme se mit à rire, montrant ses dents éclatantes.

— Un seul ? fit-elle.

Le cameraman ne se le fit pas dire deux fois. Il l'attrapa par la taille et il s'apprêtait à l'entraîner dans un endroit plus tranquille quand parut Beyering.

Stohr se mit aussitôt au garde-à-vous, tandis que la paysanne, devenue toute rouge, disparaissait en courant.

— Qui êtes-vous ? hurla le général en brandissant sa cravache sous le nez de Stohr. Quel est votre nom ?

— Correspondant de guerre lieutenant Wilhelm von Stohr, mon général.

— Ah ! Ah ! la Propagande ! Vous vous présenterez ce soir à mon quartier général, compris ?

— Bien, mon général.

— A 21 heures !

— Bien. Mais puis-je vous demander, mon général, pourquoi...

— Taisez-vous ! hurla Beyering, fou de fureur. Je vais vous faire passer l'envie de flirter avec les filles des Balkans...

Et il se retira à grands pas.

Stohr le considéra en hochant la tête. Qu'est-ce qui prenait à ce vieux ? Pourquoi attachait-il de l'importance à un baiser ? Il cherchait encore à comprendre quand des officiers qui avaient observé la scène de loin s'approchèrent.

— Alors, camarade ! Voilà un baiser bien malvenu ! fit un jeune lieutenant du génie. Le vieux n'a pas apprécié !

— A votre place, fit un capitaine de parachutistes, je ferais attention. Le vieux n'aime pas qu'on tourne autour de son interprète ; c'est qu'il a besoin d'elle nuit et jour, rendez-vous compte, même la nuit !

Wilhelm von Stohr balbutia :

— Quoi ? C'était sa...

— Eh ! oui, c'est la pute du vieux, fit le jeune

lieutenant en riant. Et la Propagande marche une fois de plus sur ses plates-bandes !

Stohr comprit que l'accueil serait plutôt frais. Mais dans de telles circonstances le schnaps est là pour vous donner du courage. A 21 heures, après avoir vidé deux bouteilles, il se rendit en titubant vers les quartiers du général.

Celui-ci, installé dans sa chaise longue, l'attendait avec impatience. Il était d'autant plus furieux que, après l'incident, son interprète avait préféré disparaître dans les rochers. Il avait envoyé une patrouille à sa recherche mais n'en espérait pas grand-chose. Enfant du pays, elle connaissait la région comme sa poche.

Wilhelm von Stohr entra donc, se mit au garde-à-vous, salua et attendit.

Beyering l'observa des pieds à la tête et hurla :

— Votre ceinturon est un centimètre trop bas.

Cette tentative de dressage ne fut pas du goût de Stohr.

— C'est que j'ai la taille basse, mon général, expliqua-t-il.

— Vous êtes débraillé !

— Il manque au général un bouton à sa poche gauche, répondit Stohr sur le même ton.

Le schnaps lui donnait du courage.

Le général resta un instant sans voix. Il observa le cameraman et prit deux profondes inspirations.

— Agitateur ! vociféra-t-il. Vous êtes aux arrêts.

— Faites comme chez vous ! répondit sereinement Stohr.

Ce sang-froid dérouta Beyering. Il se calma.

— Vous êtes un homme de la Propagande ? questionna-t-il.

— Premier cameraman et reporter du ministère de la Propagande du Reich.

— Vous connaissez aussi le docteur Goebbels ?

— Nous nous tutoyons.

— Hmm ! Vous vous tutoyez ? Alors, allons-nous gagner la guerre ?

— Mon général, vous devez le savoir mieux que moi !

— Nous allons la gagner !

— Si mon général le dit...

— Votre ton ne me plaît pas. Vous pouvez disposer !

Stohr salua, tourna les talons et sortit. Il entendit grommeler derrière lui et ne perçut que l'essentiel du message : « Il va me le payer... »

Trois jours plus tard, Stohr recevait l'ordre d'emballer ses affaires et de se préparer pour un transfert. Il était chargé d'une mission de prestige, difficile certes, mais qui en valait la peine : filmer un sous-marin en action.

En réalité il s'agissait d'un commando de la mort.

Stohr serra une dernière fois la main de Wüllner.

— Bonne chance, Willy, dit ce dernier en le regardant droit dans les yeux. Il faut revenir, tu m'entends, nous aurons beaucoup de choses à régler après la guerre ! Il faudra recommencer à vivre, redonner confiance autour de nous. Souviens-t'en : notre temps n'est pas encore venu, mais il ne saurait tarder.

Le regard de Stohr était sans illusions.

— Je ne crois pas que je reviendrai, dit-il. Je laisserai ma peau dans cette mission, je serai mort quand la paix se présentera, ou la fin... Ne parlons pas de la victoire, ce serait une lugubre plaisanterie !

⁂

Cette nuit-là, Wüllner écrivit à Hilde. C'était sa première lettre depuis deux mois. Il la griffonna à la lumière flageolante d'une bougie fichée dans le sol caillouteux de sa tente.

Mon Hilde,

Deux mois déjà que nous sommes séparés. Pourquoi ne t'ai-je pas écrit plus tôt ? Celui qui connaît la vie au front sait que le peu de liberté qu'il nous reste, nous l'utilisons à dormir pour reprendre des forces.

Je suis installé dans une tente, dans les montagnes des

Balkans, au pied d'un précipice où, d'une minute à l'autre, l'ennemi peut surgir. Il fait nuit noire. Une nuit comme on n'en connaît pas en Allemagne. C'est un peu comme si ces rochers respiraient, rejetaient leur haleine ardente de la journée et se racontaient entre eux les millions d'années passées. Je converse avec eux, je leur chuchote tout mon amour pour toi, mon besoin de tes lèvres, de tes cheveux d'or parfumés. Le vent me répond, les pierres chantent, les pins font crisser les branches, les buissons murmurent : « Tu es amoureux... irrémédiablement amoureux... stupide bandit... » Ah, Hilde, quand reviendrai-je ? Quand cette guerre sera-t-elle terminée ?

On m'annonce qu'une patrouille ennemie s'approche de notre position. Il faut que je rejoigne mon unité. Bonne chance, mon amour, et regarde les étoiles comme le font les héroïnes des contes de fées... Nos yeux se rencontreront dans la pureté du ciel et notre amour fleurira sous la bénédiction de Dieu. Ton cher bandit.

Heinz

P.-S. Si tu veux entendre ma voix, mets la radio chaque soir à 19 heures — de temps en temps, ils passent un reportage de moi.

Le vent sifflait parmi les rochers, un ruisseau murmurait au loin, et des lignes ennemies parvenait un chant, atténué, comme filtré par un voile... Une nostalgique mélodie patriotique yougoslave, longue mélopée triste comme les blocs de rochers gris, et pourtant, dans sa quête de bonheur et de liberté, elle allait droit au cœur. Ces hommes travaillaient, ils voulaient être heureux. Pourquoi ne les laissait-on pas en paix ? Pourquoi n'avaient-ils pas le droit de mener tranquillement paître leurs troupeaux ?

La tempête hurla plus fort, les piquets de tente grincèrent, la toile claqua et gémit. Le pas des sentinelles résonnait sur les pierres du défilé, leurs souliers à clous ressassaient un rythme monotone : clip... clap... clip... clap... des heures durant, inlassablement... clip, clap, clip, clap...

A l'intérieur de la tente, Heinz déposa un baiser sur sa lettre et la referma.

En lettres capitales il inscrivit l'adresse : Hilde Brandes, BERLIN-W.

Ses pensées étaient loin, très loin du petit village yougoslave.

7

A Berlin, la vie suivait son cours. Les attaques aériennes se succédaient sans relâche. Le poids de la guerre frappait le cœur de la ville, et le regard des hommes se vidait de tout éclat, le courage même de sourire fuyait. Pourtant la presse continuait à promettre une victoire prochaine. Dérisoire mensonge...

Hilde supportait cette existence avec la confiance de ses vingt-trois ans. En dépit des attaques et des nuits sans sommeil, elle poursuivait ses études, fréquentait assidûment les salles de cours, dévorait livre après livre, noyant dans ses lectures sa tristesse, sa nostalgie et sa peur de l'avenir.

Quand ses amis lui demandaient : « As-tu des nouvelles de Heinz ? », elle secouait la tête et, comme s'il lui fallait défendre son cher amour face à ce reproche informulé, elle répondait : « Il vit, je le sais, je le sens — et ça me suffit. Il n'a pas besoin de m'écrire. Quand il pense à moi, c'est un peu comme si j'entendais sa voix au plus profond de moi-même... »

A Noël de cette année-là, Mamie Bunitz mit sa robe de soie noire, empaqueta un gâteau qu'elle avait fait elle-même, prit un billet de métro et se rendit à l'invitation que Mme Lanke lui avait envoyée, la conviant à passer les fêtes avec elle et Hilde.

C'était la première fois que la « deuxième » et la « troisième » mère de Hilde — comme elle les nommait — se voyaient, bien qu'à travers les récits de Hilde, elles aient eu l'occasion de se faire une idée assez précise l'une de l'autre.

Mme Lanke trouva Mamie Bunitz extrêmement sympathique ; quant à Mamie Bunitz, elle fut littéralement séduite par la personnalité de Mme Lanke.

La première cafetière de l'amitié fut rapidement vidée. A la seconde, on parla de Heinz. Profitant d'un moment d'absence de Hilde, les deux vieilles dames s'indignèrent de sa conduite, de son silence. Elles jugeaient surtout son mutisme révoltant.

⁂

Noël fut calme, et l'on passa pratiquement sans transition à la nouvelle année. Ensuite, Hilde se plongea de nouveau dans ses études, passant le plus clair de son temps à l'université. Peu à peu, les fraîches couleurs de son visage tournaient au blanc transparent, ses mains s'amincissaient, son petit nez pointait, ses yeux étaient souvent humides de larmes, et sa peur d'affronter l'avenir et ses réalités grandissait.

— Ça ne peut pas continuer, déclara un jour Rolf après avoir rassemblé ses amis autour de lui. Il faut faire quelque chose.

Ernst, qui avait épousé entre-temps Ellen, eut une brusque inspiration.

— Il faudrait se procurer le code postal de Heinz.

— Et où ?

— Il a souvent parlé d'un certain docteur Elbers, au ministère de la Propagande. Il pourrait nous aider.

— Et tu crois qu'ils vont nous laisser entrer là-bas sans rien nous demander ?

— Pourquoi pas ! Essayons !

C'est ainsi qu'un matin Elbers vit paraître devant lui trois jeunes gens — Rolf, Ernst et Willy — qui lui expliquèrent clairement la situation et lui demandèrent où ils pouvaient joindre Heinz Wüllner.

Le conseiller ministériel se pencha en arrière sur son siège en souriant. C'était la première fois qu'il recevait une telle visite. Mais comme tout ce qui touchait à Wüllner l'intéressait — pourquoi trouvait-il ce garçon si sympathique, il n'aurait su l'expliquer — il avait accepté de recevoir les trois jeunes gens.

— Ainsi, il n'écrit pas à sa fiancée ? dit-il en fouillant dans ses dossiers. A nous, il écrit tous les deux jours ! D'excellents reportages, d'ailleurs. Il est partout où tombent les bombes.

— Alors pourquoi ce silence ? s'étonna Rolf en tordant nerveusement ses maigres mains.

— Peut-être par générosité. En tout cas, je peux vous assurer qu'il est en excellente santé.

— Parfait... Mais comment peut-on le joindre ?

Le docteur Elbers ouvrit un dossier, prit un papier et poursuivit :

— J'entretiens également avec Wüllner une correspondance privée. Il y a quelques semaines, j'ai reçu cette lettre de lui dans laquelle il me dit : « Mon cher Elbers, je m'inquiète pour celle qui est vraiment ma femme, je ne peux pas lui décrire ce que je vis et ce que nous réserve le destin. Je ne tiens pas à l'inquiéter, à la rendre malade... Qu'elle s'angoisse de mon silence, cela vaut encore mieux que de savoir ce qui se passe ici. Or, je ne saurais lui mentir, mentir dans mon métier me suffit. Alors, rendez-moi un service : renseignez-vous sur ce qu'elle devient, et dites-moi comment elle va. »

Elbers leva les yeux.

— Vous voyez, votre ami Wüllner n'a pas oublié sa fiancée. Il fait un complexe de culpabilité. Il a peur que ses lettres la rendent malheureuse. Peut-être réussirez-vous à le faire changer d'avis. Ecrivez-lui, je vous donne son adresse.

Et il tendit aux jeunes gens une enveloppe où figuraient le nom et les coordonnées de Wüllner.

Le même jour, par un de ces caprices dont le hasard a le secret, Hilde vécut l'une des plus belles heures de sa vie. Elle venait de rentrer comme d'habitude, et déclarait qu'elle avait une faim de loup, lorsque Mme Lanke, prenant un air mystérieux, la saisit par la main et la conduisit dans le bureau de Wüllner.

Etonnée, elle aperçut vite sur la table une lettre. Une lettre adressée à Hilde Brandes, BERLIN-W. Elle poussa un cri, qui résonna longtemps : « Heinz ! Heinz... mon Heinz... mon Heinz... »

La porte se referma doucement derrière elle ; Mme Lanke s'était éclipsée. Et cette nuit-là, dans la solitude de la grande ville, Hilde lut et relut la lettre, écrite dans les Balkans, embrassa chaque mot, chaque signe, pleura et rit.

Le lendemain soir, elle invita ses amis à venir la voir chez elle. Elle ne leur expliqua pas pour quelle raison, mais ils vinrent tous : Rolf l'étudiant en médecine, Willy le chimiste, le peintre Ernst, qui avait amené Ellen et un carnet de croquis, sans oublier Mamie Bunitz. Quand tout le monde fut réuni autour du poste de radio, Hilde sortit du tiroir de la table la lettre de Heinz.

Rolf chuchota à l'oreille d'Ernst :

— Tout matérialiste que tu sois, tu vas bien être obligé de reconnaître que la transmission de pensées existe !

Ernst dessina sur son carnet de croquis un grand point d'interrogation à l'intérieur duquel il esquissa les traits de Wüllner.

Hilde se contenta de leur lire le post-scriptum de la lettre : « Si tu veux entendre ma voix, mets la radio chaque soir à 19 heures. De temps en temps, ils passent un reportage de moi. »

Ernst, qui voyait des objections à tout, ne put s'empêcher de demander :

— Qui nous garantit qu'aujourd'hui soit le bon jour ?

— Je le sens... Je le sens si proche de moi aujourd'hui, déclara doucement Hilde. Je vous en prie, je vous en prie... espérez avec moi...

Une musique militaire retentit. Il n'était pas loin de 19 heures. Mamie Bunitz frotta rapidement ses lunettes, car elle prétendait qu'elles lui permettaient de mieux entendre, point de vue que Rolf s'efforçait de combattre avec tous les arguments médicaux à sa disposition. Mais Mamie Bunitz restait sur ses positions, affirmant que sa mère dormait mieux en portant son alliance et qu'il n'était donc pas étonnant qu'elle entendît mieux avec des lunettes.

La marche militaire continuait à résonner dans la grande pièce sombre. Hilde était assise, blottie dans son siège, tout près de l'appareil, les yeux fermés.

Soudain, une voix masculine puissante se fit entendre. « Ici la radio du Grand Reich. Voici des nouvelles des fronts de Russie, de Norvège, des côtes de la Manche, des Balkans. »

Hilde se redressa, tendant l'oreille. Il y eut d'abord des informations concernant les batailles de chars en Orient, des affrontements en mer sur les côtes de Norvège et un duel d'artillerie près de Calais. Les explosions des grenades et le crépitement des mitrailleuses emplissaient la pièce mais les voix des commentateurs dominaient le fracas. Bien peu nombreux sans doute étaient les auditeurs qui se rendaient compte de ce que devaient supporter ces correspondants de guerre quand ils décrivaient les scènes les plus terribles en conservant un ton simple et apparemment décontracté.

Finalement, l'un des journalistes annonça : « Et maintenant, Heinz Wüllner nous parle des Balkans. »

Le silence se fit écrasant. Rolf, Ernst et Willy, droits sur leurs sièges, ne bronchèrent plus. Ellen se blottit contre Hilde. Mamie Bunitz ne cessa de coller ses lunettes contre ses yeux. Quant à Mme Lanke, elle avança prudemment ses doigts en direction d'un petit mouchoir.

Et soudain, la voix de Heinz fut là. Pleine, souple, si familière à Hilde et pourtant, en cet instant, si étrangement lointaine.

Etait-ce vraiment lui, cette voix profonde et calme, ce ton sérieux, grave ? Rien ne lui rappelait plus l'espiègle bandit, le mauvais plaisant qui tenait dans des bars des discours contre le gouvernement. C'était un homme mûr, sérieux, qui parlait, un homme façonné par le destin, un homme qui avait appris au feu de la guerre à aller droit à l'essentiel.

Hilde ne comprit pas grand-chose de ce que Heinz disait ; le sens de son reportage lui importait peu. Elle n'écoutait que sa voix, la mélodie de sa voix. Et, de temps en temps, elle enregistrait un mot : « ... Croire... Confiance... Espoir... Regrets... » Vers la fin pourtant, elle écouta de toutes ses oreilles ce qu'il disait : « Je vous parle du fond d'une crevasse dans le roc. Autour de nous crépite le feu des mitrailleuses. Et, malgré cela, je vous adresse une pensée émue, à mon pays, et à celle que j'ai dû quitter si brusquement. J'espère qu'elle m'entend en cet instant. Je l'embrasse et je lui dis d'être forte, comme vous devez tous être forts, et je vous envoie les saluts de milliers de soldats allemands qui combattent loin de leur pays natal ; je souhaite avec eux qu'après les horreurs de cette guerre nous nous retrouvions enfin chez nous ! »

Le reportage était terminé. Pendant que Heinz parlait, Hilde n'avait cessé de caresser l'appareil radio ; comme s'il avait été un personnage vivant, comme s'il disait : « Oui, c'est moi qui te relie à lui, moi seul... au-delà des montagnes et des rivières, des vallées et des mers — grâce à moi, il est près de toi dans cette pièce, tu peux entendre sa voix, son souffle, ses paroles... »

Un peu plus tard, quand ses amis furent partis et qu'elle se retrouva avec Mamie Bunitz et Mme Lanke, Hilde fit un peu de rangement, embrassa les deux vieilles dames sur le front et s'excusa, disant qu'elle allait se coucher.

Une fois seule, elle s'allongea sur son lit et regarda le plafond où se projetait le halo de la lampe de chevet. Elle n'arrivait pas à réfléchir ; elle ne voulait pas non plus réfléchir...

Elle voulait seulement être heureuse, tout simplement heureuse. Elle sentit que Heinz était près d'elle en pensée et elle prononça tout doucement : « Ma femme... Ma chère femme... » Elle fit la réponse elle-même et murmura : « Je te remercie de m'avoir parlé... Je te remercie. »

Puis elle plongea dans le monde du rêve. Et tandis qu'elle s'endormait, ses lèvres murmuraient : « Mon Heinz... Mon chéri... »

***

Le lendemain matin, Hilde croisa dans la rue un homme vêtu d'un loden de couleur sombre qui la salua avec un tel empressement qu'involontairement elle s'arrêta et considéra l'étranger avec étonnement. Celui-ci s'immobilisa à son tour, se retourna et enleva son chapeau.

— Ne me reconnaissez-vous pas ? demanda-t-il.

De fait, cette voix grave et cette silhouette maigre rappelaient quelque chose à Hilde.

— Je ne me souviens pas très bien, répondit-elle, mais j'ai effectivement l'impression de vous connaître.

— Borgas, Friedrich Borgas. Sculpteur, précisa-t-il en s'inclinant avec raideur.

Elle eut un mouvement de recul involontaire. Le souvenir de la soirée dans le cabaret lui revint en mémoire, ainsi que le terrible destin de cet homme, le récit qu'il avait fait de son séjour aux enfers, dans ce monde sordide dont elle ne savait rien. Et il était là de nouveau devant elle, lui rappelant ses terreurs, symbolisant cette époque du déclin allemand.

Elle prononça quelques phrases polies et fit mine de repartir, mais Borgas s'inclina de nouveau devant elle et dit d'une voix qui ne supportait pas la contradiction :

— Puis-je vous offrir un café ? Il y a un bar tout près... Depuis que mon ami Heinz est retourné au front, je me sens un peu obligé de veiller sur vous... D'autant qu'il m'en a prié avant de s'envoler pour les Balkans... ajouta-t-il après un court instant de silence.

Hilde se demanda s'il disait la vérité ou si c'était un mensonge de circonstance, mais elle eut soudain envie de percer le secret de cet homme et elle accepta la proposition.

Arrivés au petit bar, ils s'assirent dans un coin et commandèrent un cocktail et quelques pâtisseries.

— Wüllner est un type bien, déclara tout de suite Borgas. Il a d'ailleurs parlé hier soir à la radio, j'ai pensé à vous. Avant de partir, il m'a passé un coup de fil : « Friedrich, m'a-t-il dit, jette un coup d'œil à mon Hilde ! »

— Alors, notre rencontre n'est pas tout à fait due au hasard ?

— Je dirais plutôt que c'est le destin. Mais laissons-le de côté... Il m'a frappé trop durement. Je viens de louer un atelier dans le quartier de Moabit. Ce n'est pas spécialement un beau quartier, mais c'est bon marché et c'est commode pour mes travaux.

Il mit derrière le mot « travaux » un accent tellement amer et ironique qu'un frisson parcourut Hilde.

— Mes premiers clients sont déjà venus, poursuivit le sculpteur. Et parmi eux, quelqu'un que je ne m'attendais pas à voir à Moabit : je dois faire le buste de notre cher docteur Robert Ley !

Hilde le regarda avec étonnement.

— Ley ?

— Oui. Le roi des ivrognes. Je ne sais pas comment il a appris que j'avais un atelier. Toujours est-il qu'il a grimpé l'escalier quatre à quatre, qu'il est entré chez moi, empestant l'alcool, à tel point qu'on aurait pu croire que je tenais un bistrot. Nous nous étions connus à l'époque où j'avais un atelier à Cologne. Mon nom était célèbre alors. En ce temps, il me demandait de l'argent pour se payer une place à l'opéra. Aujourd'hui il a trois propriétés qui valent chacune une fortune.

— Il vous a reconnu ?

— Aussitôt ! Il m'a tapé sur l'épaule ; il a exigé que je fasse son portrait, un buste en bronze... pour un cadeau à une artiste.

— Ley n'est pas marié ?

— Croyez-vous que nos respectables dirigeants se soucient de leur épouse ? L'un est dingue des yeux bleus, l'autre ne jure que par les jambes des danseuses. Ils profitent de leur position. Il y a quelques années, quand Ley m'a proposé d'entrer au Parti, j'ai refusé poliment mais fermement. C'est un parti de guignols, jouant avec l'histoire du monde. Puis vint 1933. Et soudain, voilà Ley dirigeant du Reich, organisateur du Reich, grimpant toujours. Et quand le petit chimiste qu'il avait été regardait en arrière, il apercevait une frêle silhouette... sa femme. Elle était restée simple et modeste et n'arrivait pas à suivre la folle ascension de son mari. Alors, le docteur Robert Ley s'est séparé d'elle car elle ne lui paraissait plus suffisamment représentative pour lui. Et comme tous nos ministres ont un faible pour le monde du spectacle, il a épousé une girl d'un music-hall de Berlin.

Hilde ne savait que dire. Tout cela lui était si étranger.

— Mais ensuite, poursuivit Borgas, il s'est découvert un goût très prononcé pour les jeunes actrices et en a trouvé une dont il a fait sa maîtresse. Aussitôt, sa girl de femme a quitté la propriété du bord du Rhin et est remontée sur la scène berlinoise... Elle est morte peu après dans une des propriétés de Ley, et le médecin qui a signé l'autorisation d'inhumer a disparu dans un camp de concentration. Les circonstances exactes du décès sont restées inconnues.

Hilde était devenue toute pâle.

— Comment savez-vous de pareilles choses? demanda-t-elle en tremblant.

— Oh! j'étais le familier de tous ces gens devenus célèbres! Que ce soit Goering, Goebbels, Rosenberg, Himmler, Grohe ou Bormann... Je les ai connus à une époque où ils étaient bien contents de recevoir de moi un bout de pain. Quand je vois aujourd'hui ce gros maréchal du Reich, la poitrine constellée de décorations, je pense à ce type maigre, qui habitait sous les toits... comme moi aujourd'hui! Mais ils ne veulent pas s'en souvenir, rien ne peut altérer leur grandeur. Ils ont toujours été des héros ou des guerriers, doublés d'idéalistes. Et c'est au nom de leur idéal qu'ils ont saccagé les habitations des juifs et souillé leurs temples. A Cologne, j'ai vu une synagogue dans laquelle on avait installé un cabinet d'aisance, juste devant l'autel.

Hilde Brandes sentit un goût de cendres sur sa langue, et elle se souvint des heures affreuses où les synagogues brûlaient dans toute l'Allemagne, elle se souvint des appartements détruits, les pianos à queue voltigeant par les fenêtres, les rideaux déchirés, les meubles brisés, et les occupants transportés dans les camions des éboueurs. On allait chercher les juges et les avocats juifs en plein procès dans les salles d'audience, et on les jetait dehors. On chassait les médecins juifs des cliniques, on les poursuivait dans les rues... Toutes ces images défilèrent en quelques secondes dans son esprit. Et elle comprit, cette fois, la position de Heinz.

Mais Borgas se pencha vers elle.

— Vous ne m'en voulez pas de vous entretenir de toutes ces horreurs ?

— Non, au contraire ! J'ouvre enfin les yeux ! Je ne voulais rien voir jusqu'ici... seulement m'en tenir aux discours, aux promesses...

— ... Et au bout de tout ça, l'effondrement ! Croyez-moi, ce serait catastrophique si l'Allemagne gagnait la guerre ! Croyez-vous sérieusement que nous serions plus libres ? Hitler a dit un jour : « Après la guerre, je redeviendrai un national-socialiste encore plus fanatique... » Savez-vous ce que cela signifie ? Dans chaque ville, un camp de concentration ; dans chaque village, la Gestapo ; dans chaque maison, un agent ; à chaque pas, la présence d'un uniforme noir à tête de mort...

Voyant la pâleur de la jeune femme, il s'interrompit, et dit doucement :

— Je crois que j'ai trop exigé de vous. Il vaut mieux que nous partions.

Il régla l'addition et accompagna Hilde quelque temps avant de prendre congé.

Quand elle rentra chez elle, Mme Lanke vint à sa rencontre et lui chuchota à l'oreille :

— Une jeune femme est là : Erna Vollmer. Dirigeante au BDM (1). Elle dit qu'elle est une de vos amies.

Hilde expliqua :

— Nous étions ensemble au lycée. On se passait nos devoirs de français. Mais il y a longtemps que je ne l'ai pas vue.

Et elle entra dans le fumoir qui avait été transformé en salon.

Erna Vollmer se leva et tendit les mains en souriant. Elle était grande et robuste, la poitrine généreuse, les hanches larges, un visage qui respirait la santé, les jambes un peu trop fortes, mais, dans l'ensemble, elle correspondait bien au type aryen qui hantait les rêves du Führer. Elle portait son uniforme du BDM et avait ramené ses cheveux en arrière en queue de cheval.

Hilde la regarda, étonnée.

— C'est incroyable ce que tu as changé ! dit-elle en considérant le visage frais de sa compagne et sa robuste silhouette. A l'époque, tu étais toujours la plus fragile en classe.

Erna bomba fièrement le torse.

— C'est le grand air, le sport, le mouvement et... un peu l'amour aussi.

— Youpi ! Alors, je vais devenir la plus grosse femme du monde, car je suis follement amoureuse !

— Je le sais, on en parle à l'université, sourit Erna. Tu es fiancée au célèbre Wüllner. Bonne prise ! Comment as-tu réussi ? Je t'ai connue toujours si timide ! Il a dû te falloir beaucoup de diplomatie. Moi, ma foi, je dis toujours : ça vaut le coup de se laisser faire cinq minutes si on y gagne toute une vie.

Ces mots firent sur Hilde l'effet d'une douche glacée. Soudain, elle regretta cette visite et déclara d'un ton détaché :

— Parlons d'autre chose... tu ne peux pas comprendre.

Mais il était impossible d'arrêter Erna. Elle était folle de curiosité.

(1) Fédération des jeunes Allemandes du Reich.

— Dis-moi, insista-t-elle, vous vous êtes promenés au zoo ? Au Wannsee ? Ou vous êtes montés tout de suite chez lui ? Ah ! j'aurais voulu voir ça, tu n'y connaissais rien, à l'époque ! Ça t'a fait très mal ? Pour moi, Fritz a dit que j'étais bien faite et que tout irait tout seul. Fritz est un SS, sais-tu, il est à l'école de Prague, il va devenir officier. Un garçon du tonnerre, le même genre que ton Wüllner. Et lui, ça marche, de ce côté-là ?

Hilde, qui s'était assise dans un fauteuil, ne répondit rien et laissa couler sur elle ces mots insensés.

Quand Mme Lanke entra avec une cafetière remplie d'ersatz de café, elle faillit lui sauter au cou. Elle en profita pour orienter la conversation dans une autre direction.

— Tu es depuis longtemps à Berlin ? questionna-t-elle. Tu faisais pourtant tes études aux Beaux-Arts de Munich !

— J'ai été transférée par le BDM. Je vais m'occuper d'un cercle de filles à Berlin. Comme j'ai rencontré par hasard un vieil ami à la fac, j'ai appris tes fiançailles, j'ai eu ton adresse et je suis aussitôt venue. Je t'emmène avec moi !

— Mon Dieu ! Et où ça ? Pas chez tes SS ? Tu peux y aller seule !

Hilde servit le café, car Mme Lanke était aussitôt ressortie. « Vieille sorcière », avait grommelé Erna en la suivant d'un regard méprisant.

— Non, Hilde, rassure-toi, j'ai beaucoup mieux à te proposer. Je suis invitée à Karinhall, chez Goering, une occasion exceptionnelle, et j'ai le droit d'amener quelqu'un. Alors j'ai pensé à toi.

— Karinhall ?

Hilde réfléchit un instant. Elle avait toujours souhaité aller jeter un coup d'œil au château de conte de fées de Hermann Goering, cette résidence privée qu'il avait baptisée « Rendez-vous de chasse ». On avait déjà tellement écrit sur les magnifiques forêts qui entouraient Karinhall, sur la réserve de visons et de buffles, d'élans, de martres, de castors, de faisans...

Voilà que maintenant se présentait une occasion unique de voir cet endroit. Heinz lui-même écouterait avec plaisir le récit de cette visite. Elle décida d'accepter.

Aussi, au bout d'un quart d'heure, au cours duquel la conversation tourna de nouveau autour du thème préféré d'Erna — comment séduire les hommes —, Hilde promit de se mettre sur son trente et un, son amie ayant souligné qu'il y aurait quantité d'officiers dont la fréquentation pouvait être utile. Puis Erna prit congé et retourna vers les Jeunesses du Reich où l'attendait un jeune officier qui, aussi étonnant que cela pût paraître, s'était amouraché d'elle.

⁂

Quelques jours plus tard, Mme Lanke, fort intriguée, essaya de savoir ce qui s'était passé à Karinhall, mais Hilde se contenta de lui raconter que les officiers ne s'étaient pas montrés spécialement aimables, qu'il y avait des diplomates et d'autres personnalités, et qu'on avait servi du vrai café et de la vraie crème fouettée. Elle ne parla pas du reste, mais fit seulement un rapport détaillé dans le journal qu'elle tenait consciencieusement à jour depuis sa quatrième au lycée. Il comptait aujourd'hui trois épais volumes.

Elle recopia son rapport sur des feuilles séparées et les glissa dans une enveloppe qu'elle plaça dans le tiroir du bureau à l'intention de Heinz. Dans les dernières pages, on pouvait lire :

Samedi 20 février 1944. Réception chez Hermann Goering à Karinhall. Que dire de cette fête ? Je ne sais par où commencer. D'abord la réception. Goering est venu nous accueillir dans son uniforme de chasse. Il semblait très amical, très paternel, se pavanant et nous prenant par le bras. J'ai compris pourquoi il agissait de la sorte : nous étions photographiés de partout. Quand un homme comme Goering se montre au bras de jeunes filles, c'est une bonne propagande.

Puis Mme Goering nous a saluées. Malgré la saison, elle se promenait tout en blanc, tenant la petite Edda par la main. Elle est très collet monté, mais s'efforçait pourtant de paraître amicale, car plusieurs photographes de presse étaient dans le hall. Ils la mitraillaient, elle et la fillette. Celle-ci se tournait en tous sens comme une vedette de cinéma.

Je me suis inclinée légèrement et j'ai salué Mme Goering en l'appelant « Madame ». Elle s'est montrée très froide et m'a laissée en plan. Etonnée, j'ai regardé dans la direction d'Erna qui flirtait derrière moi. Un homme d'un certain âge, assez sympathique, m'a chuchoté à l'oreille :

— Vous avez gâché toutes vos chances en lui donnant du « Madame ». Elle tient absolument à ce qu'on l'appelle « Excellence » !

— Excellence ? ai-je fait avec étonnement. Et en quel honneur ?

— Un caprice. Ce même genre de caprices qui amena un jour Néron à brûler Rome.

J'ai compris soudain quel vent soufflait et quelle mégalomanie avait élu domicile en ces lieux.

Plus tard j'appris une anecdote sur le comportement de la première dame d'Allemagne. « Son Excellence » avait manifesté le désir de commander une nouvelle toilette pour un bal. Elle se rendit donc à Berlin dans sa maison de couture habituelle et voulut essayer une robe. Elle s'aperçut alors qu'il faisait très froid dans le salon.

« Pourquoi ne chauffez-vous pas ? demanda-t-elle en remettant son manteau de fourrure. — C'est que nous manquons de charbon, Excellence ! répondit la vendeuse. Nous n'avons plus rien à brûler. — Et vous voudriez que je passe cette robe dans cette glacière ? s'emporta Mme Goering. Au risque d'attraper une pneumonie ? Envoyez-moi quelques modèles à Karinhall avec vos essayeuses ! — Il ne fait pas si froid que cela, Excellence ! Mes ouvrières travaillent douze heures par jour dans ce froid et n'ont pas le droit de s'en plaindre. Je ne peux pas me priver des services de deux essayeuses pendant deux jours... »

Son Excellence se montra très offensée, fit mettre la vendeuse à la porte et ordonna que les vêtements lui soient livrés à domicile.

C'est du joli !

Ma plus grande surprise, à Karinhall, c'est après le repas qu'elle m'attendait. Goering a tenu à nous montrer lui-même ses trophées de chasse — buffles, élans, castors — et nous a conduits ensuite vers un grand pavillon. Celui-ci se composait d'une salle de réception et d'un boudoir tapissé de miroirs.

— C'est ici qu'Edda organise ses petites fêtes pour ses amis, a déclaré fièrement Goering.

Les messieurs ne tarirent pas d'éloges sur la paternelle gentillesse du ministre.

Quand je pense que pendant ce temps, des millions d'Allemands — femmes, vieillards, enfants, futures mères, hommes malades, à moitié morts de faim — sont dans la rue, sans secours, campant quelquefois dans les caniveaux ! Chaque nuit, des milliers de personnes voient leurs logements bombardés, tandis qu'une gamine de six ans à peine dispose d'un luxueux pavillon pour donner des fêtes à l'intention d'enfants de son âge, et est secondée par trois domestiques et deux servantes.

Goering nous ramena à Karinhall et nous entrâmes dans une pièce sombre au fond de laquelle était tendu un rideau. Il fit braquer plusieurs projecteurs sur ce rideau, de sorte que la pièce elle-même était dans l'obscurité. Puis il fit tirer le rideau.

Quel étrange tableau ! On y voyait une madone plus grande que nature assise sur une chaise dorée, les yeux perdus dans le lointain, au milieu de roses, et tenant dans ses bras l'enfant Jésus.

— Merveilleuse peinture ! s'écria-t-on de tous côtés.

Je fus, moi aussi, impressionnée.

Alors Goering, se balançant fièrement sur la pointe des pieds, dit de sa voix claire et un peu grasse :

— Regardez avec attention, mes chers amis ! Ne remarquez-vous rien ?

On examina le tableau avec le plus grand soin.

Etaient-ce le motif et les couleurs qui nous avaient abusés ? Toujours est-il que la découverte que nous fîmes nous parut tellement incroyable que nous en restâmes pétrifiés : la madone avait le visage de « Son Excellence », quant à l'enfant Jésus, c'était Edda !

Il y eut soudain un silence de mort dans la salle. Goering le prit pour de l'émotion ou du respect et se rengorgea davantage. La tête me tournait. Heureusement, ces messieurs quittèrent la pièce pour aller boire le vin, servi à volonté.

Alors que nous prenions congé, notre hôte nous conduisit dans sa bibliothèque et, ouvrant son coffre-fort, y prit des petits coffrets tapissés intérieurement de velours rouge, bleu ou vert. Ils étaient remplis de saphirs, diamants, rubis et perles. Goering en fit rouler quelques spécimens sur la table.

— Les toiles peuvent brûler, dit-il, les banques faire faillite, les actions chuter, mais les pierres précieuses conservent leur valeur.

D'où lui venaient ces trésors ? Il ne nous le précisa pas.

Il nous montra pour finir une table où étaient disposées une grande quantité de petites figurines en ivoire. Elles représentaient toutes le ministre, dans ses différentes tenues : en grand veneur du Reich, en Reich-marschall, en ministre-président, en S.A., en officier aviateur, et que sais-je encore ? Nous fûmes invités à en emporter chacun une à titre de souvenir. Je choisis le grand veneur.

Puis les portes de Karinhall s'ouvrirent et nous partîmes. J'étais heureuse de quitter ce château de la folie. J'en frissonne encore quand j'y repense.

Comment réagira le peuple allemand quand il apprendra la vérité ? Et pourquoi cet aveuglement ? Ne voit-il pas le précipice ? Ne voit-il pas qu'on fait de nous des esclaves — des zéros, rien que des zéros ? Un Reich, un Führer, et cent millions de zéros...

*
**

Quand Hilde relut ces feuilles, quelques jours plus tard, elle constata avec étonnement qu'elle avait adopté, sans s'en rendre compte, la manière de penser de Heinz, son regard lucide sur les circonstances, les causes et les effets... et même ses indignations ! Tout cela lui ressemblait tellement qu'elle se demanda si elle ne s'était pas identifiée totalement à lui.

Elle reçut deux lettres au courrier de l'après-midi : la première enveloppe, frappée du cachet « Poste militaire », portait l'écriture de Heinz ; l'autre provenait du Bureau du travail et on pouvait y lire, inscrite d'une écriture maladroite, la mention : « Frei durch Ablösung Reich (1). »

Hilde ouvrit d'abord la seconde, se demandant bien ce qu'on lui voulait. Ce n'était sans doute rien de bon. Elle lut rapidement la lettre. Au moment où la guerre totale faisait rage, il était intolérable qu'une fille étudie la psychologie. La nation avait besoin de toutes ses forces. En conséquence, Hilde Brandes était invitée à se présenter le vendredi suivant chez Bartel Eisenwerke AG où elle aurait un poste d'assistante. Il lui fallait auparavant aller consulter le médecin du travail, Bureau du travail, section santé. *Heil Hitler*. Suivait une signature.

Avec un geste de colère, Hilde mit la feuille de côté et prit sur le bureau un coupe-papier d'ivoire. Avec précautions, presque religieusement, elle ouvrit l'autre enveloppe et en retira la lettre de Heinz. Il parlait brièvement de sa vie. Dans son style incisif, il décrivait la région des Balkans. La peinture qu'il en faisait était tellement précise, détaillée et sensible que, fermant les yeux, Hilde eut presque l'impression de voir devant elle les collines rocheuses.

Dès le lendemain, après avoir rendu visite au médecin, elle se rendit aux Etablissements Bartel.

(1) Franchise postale du Reich.

Elle fut reçue par le directeur. Il portait l'insigne doré du Parti. Il la reçut avec une politesse excessive, la dévisagea avec un peu trop d'insistance, puis déclara qu'elle pouvait commencer immédiatement. Il avait besoin d'une psychologue. Un médecin des âmes est toujours utile...

Après l'avoir abreuvée de banalités, il l'engagea comme assistante du département publicité.

Si Hilde s'était imaginé un instant pouvoir exercer une activité utile à sa patrie, justifiant l'interruption de ses études, elle dut vite déchanter. L'essentiel de son travail consistait à découper des maquettes d'affiches et d'emballages, à gratter des taches d'encre, et à corriger des erreurs éventuelles. Elle fut bientôt hors d'elle.

Ainsi, on avait interrompu ses études soi-disant pour raison de salut public et on lui faisait manier des ciseaux et un grattoir à papier! Dans son contrat, il était même fait mention des peines de prison encourues dans le cas où elle manquerait un seul jour à son devoir.

Elle continua cependant à gratter, à découper, à gratter, à découper... tout en jetant des regards étonnés à ses collègues qui, chaque matin, lisaient le journal au bureau, échangeaient leurs opinions, et s'imaginaient manifestement que l'Allemagne allait gagner la guerre, comme l'affirmait la presse!

Un jour, le directeur à l'insigne doré l'appela dans son bureau, l'invita à s'asseoir, prit place lui-même à côté d'elle et déboucha une bouteille de cognac.

Il lui expliqua qu'ils allaient fêter sa promotion. Il avait en effet réussi à la décharger du travail fastidieux du département publicité pour l'engager comme assistante personnelle.

— Et quelles seront mes nouvelles fonctions? demanda Hilde, méfiante, car le comportement de cet homme aux cheveux noirs pommadés ne lui plaisait guère.

— Vos fonctions?

Il éclata de rire.

— D'abord, boire avec moi. Puis nous parlerons. Je vous ai observée, ces derniers temps. Vous êtes pleine de zèle, mais toujours sur la défensive, toujours calme... réservée ! Avec un physique comme le vôtre, pourtant, vous ne devez pas manquer d'admirateurs ! Vous n'avez pas un ami ?

— Je suis fiancée !

— Ah ! Et il est à la guerre ?

— Oui. Il est journaliste. Correspondant de guerre.

— Intéressant ! Et... depuis combien de temps ?

— Plus de trois mois se sont écoulés depuis sa dernière permission. Il est lieutenant.

— Hm ! Un trimestre...

Il plongea avec délices son nez dans son verre. Sa grosse lèvre inférieure se colla sur le rebord comme une ventouse.

— Il peut être fier que vous lui soyez fidèle. Ce ne sont pourtant pas les occasions qui doivent vous manquer... Avec ce visage... et cette silhouette... Ou faites-vous seulement semblant de lui être fidèle ?

Hilde se leva, exaspérée.

— Nous devions parler travail, Monsieur le Directeur !

— Doucement, doucement... Ce n'est pas raisonnable de vous offenser ! Réfléchissez un peu. Nous sommes une entreprise sociale. La vie intérieure de notre société, de notre personnel, nous intéresse aussi.

Tout en prononçant ces mots, il tenta de l'attirer vers son fauteuil en lui prenant la main. Hilde la retira avec énergie et se dirigea vers la porte. Le directeur la devança, tourna la clef dans la serrure, et barra la sortie de toute sa stature, un sourire aux lèvres.

— Ouvrez immédiatement et laissez-moi partir ! s'écria Hilde, furieuse, en secouant ses boucles blondes.

— Adorable ! Et si je n'en fais rien ?

— Je vais crier !

— Les murs et les portes sont insonorisés. Personne ne vous entendra.

— Que voulez-vous de moi ?

— Toi !

Ce mot tomba de ses lèvres comme une obscénité. Ses yeux étaient devenus fixes, vitreux. Hilde recula jusqu'au bureau et tenta d'appuyer sur la sonnette d'alarme. D'un bond, le directeur fut près d'elle et la plia en arrière. Avec toute son énergie, Hilde se retourna, libéra une de ses mains et en assena un coup sur le visage penché sur elle. En plein sur le nez ! Le sang se mit à couler sur la chemise blanche. Hilde sauta hors d'atteinte et, tandis que le directeur chancelait, déverrouilla la porte et sortit en courant.

Elle ne remit plus les pieds aux Etablissements Bartel, en dépit de tous les avertissements, de toutes les menaces et des accusations de sabotage et de « refus de travail » dont elle fut l'objet.

Cet incident devait trouver son épilogue une semaine plus tard. Hilde reçut en effet une convocation du tribunal spécial qui devait la juger pour refus de travailler, coups et blessures au directeur et incitation à l'antinationalisme.

Bien qu'elle imaginât facilement à quel point, en cette période troublée, une affaire comme celle-là pouvait être grave — un mot de travers suffisait à justifier une condamnation à mort —, elle se rendit au tribunal avec un détachement étonnant, écouta l'énoncé des accusations, et expliqua d'une voix claire et ferme ce qui s'était passé en vérité : on avait voulu la violenter, et elle n'avait fait que se défendre.

Mais le tribunal n'acceptait pas cela. Dans le Reich national-socialiste, de tels actes étaient impossibles ! L'entreprise incriminée était un modèle du genre, et le Dr Ley lui avait décerné le fanion d'or. Son directeur était connu comme un bon citoyen, respectueux de ses devoirs, un national-socialiste de tout premier ordre, comme l'indiquait son insigne doré. C'était un crime de proférer pareils mensonges. Ces déclarations n'étaient que trahison et sabotage. La coupable irait donc dans un camp de concentration pour avoir incité les travailleurs à la sédition.

Hilde Brandes ne put rien contre ces accusations. On ne prêta aucune attention à ses protestations.

Et puis, soudain, la situation bascula. Quelqu'un prononça le nom de Wüllner.

Le président leva les yeux d'un air étonné.

— Wüllner... de la radio ? demanda-t-il.

— Oui. C'est mon fiancé.

Le président se tourna vers le directeur offensé et eut un haussement d'épaules.

Il demanda à Hilde :

— Votre fiancé est-il au courant de ce procès ?

— Non, mais je vais l'en informer ! déclara Hilde d'un ton sec.

Et elle sentit qu'elle avait gagné la partie.

Elle fut relaxée pour manque de preuves, dut s'engager par écrit à ne pas intenter de procès à l'entreprise et à ne rien raconter de ce qui s'était passé à personne. Elle pourrait retourner à ses études, car elle avait été engagée par erreur. On en aviserait le Bureau du travail. *Heil Hitler.*

La nuit qui suivit le jugement, Hilde fit un rêve étrange. Elle vit des rochers, dans la région des Balkans. En bas d'une falaise marchait une colonne allemande. Hilde, flottant au-dessus comme un ange, regardait marcher Heinz au milieu de la colonne. Il semblait pâle, affamé, sale. Soudain, tout le surplomb rocheux se fissura, et les rochers roulèrent dans le défilé en contrebas...

« Heinz ! s'écria-t-elle dans son rêve. Heinz, attention ! »

Trop tard ! Toute la paroi dégringolait avec un roulement sourd, broyant les hommes, écrasant tout sur son passage. Hilde vit Heinz lever les bras au ciel, elle l'entendit prononcer un mot — et il disparut sous l'avalanche.

— Heinz ! hurla Hilde en se réveillant, tremblante d'épouvante.. Heinz ! Heinz...

Cette même nuit, à la même heure, quatre soldats

portaient sur une civière un lieutenant blessé au feu tandis que tremblait la falaise et que les pierres volaient sous l'impact des balles...

Le blessé n'était autre que le correspondant de guerre Heinz Wüllner.

8

Cinq semaines plus tard, à l'hôpital de Belgrade, section III, un homme à la silhouette efflanquée se présentait devant le médecin-chef, tenant à la main son bulletin de sortie. Le courant d'air arrivant par la fenêtre ouverte ébouriffa ses cheveux grisonnants qui encadraient un visage étroit aux traits tirés.

Le praticien le regarda avec amitié.

— Nous y voilà, mon cher Wüllner, dit-il en frottant ses lunettes à montures dorées. Votre blessure est refermée, vous êtes de nouveau d'attaque. Et, ma foi, même si vous avez perdu huit kilos, vous les retrouverez vite ! Les journalistes ont la belle vie, n'est-ce pas ?

Heinz se garda bien de le contredire.

— J'ai reçu une lettre de Berlin, hier, reprit le médecin-chef. Il paraît que vous êtes en possession d'un reportage sensationnel ! On vous invite à le diffuser personnellement en direct de Berlin. Je vous accorde une permission spéciale de six jours pour cette occasion.

— Puis-je savoir d'où vient cette lettre ?

— Du ministère de la Propagande.

— Qui l'a signée ?

Le médecin prit une lettre dans sa serviette et y jeta un coup d'œil rapide.

— La signature est illisible, dit-il. On dirait « Eber », ou « Evers », ou...

— Dr Elbers. Conseiller ministériel. Il dirige le service de la Propagande au front.

— Dr Elbers ? N'est-ce pas lui qui a parlé hier à la radio ? La victoire... etc. Eh bien ! bon voyage à Berlin, et n'oubliez pas de saluer de ma part la porte de Brandebourg !

Il serra la main de son patient, lui tapa amicalement sur l'épaule et le poussa hors de la pièce.

Heinz Wüllner, blessé de guerre, autorisé à quitter l'hôpital, bénéficiait d'une permission spéciale et ne savait même pas à quelles circonstances il la devait. Il aurait très bien pu envoyer l'enregistrement de son reportage par la poste, comme il l'avait fait jusqu'ici. Pourquoi le Dr Elbers le faisait-il venir ? Mais à quoi bon chercher à comprendre ? L'essentiel, c'était qu'il allait disposer de quelques jours de liberté.

Le lendemain matin, il atterrissait à l'aéroport de Tempelhof par un beau temps ensoleillé. Il se fit aussitôt conduire au ministère de la Propagande, dans la Wilhelmstrasse où le Dr Elbers l'accueillit d'une poignée de main chaleureuse.

— Vous avez dû vous étonner de cette permission spéciale, dit-il tout de suite. Quand j'ai appris que vous étiez à l'hôpital, j'y ai vu une chance pour vous et moi de nous rencontrer, de nous parler de vive voix — en dehors du fait que cela vous permet de revoir votre fiancée ! Bien.... Voyez-vous, ce sera peut-être notre dernière rencontre, car je suis surveillé par la Gestapo.

Heinz crut avoir mal entendu.

— Vous êtes sous surveillance ? Et pourquoi donc ?

— A cause de l'affaire Röhm. On me soupçonne d'avoir eu des contacts secrets avec les conjurés, et notamment avec les frères Strasser.

— Et qu'en est-il en réalité ?

— En ce qui concerne Röhm, c'est vrai. J'ai été mêlé au complot, mais j'ai pu disparaître au dernier moment. Une solide amitié me liait à Strasser, à l'époque où il comptait encore au nombre des fidèles d'Hitler. Nous nous sommes écrit plusieurs fois par l'intermédiaire d'une boîte postale en Suisse, et poste restante à Bâle. Mais il ne s'agissait que d'une correspondance purement amicale, même si parfois Strasser parlait de ses plans. Il avait prévu une partie de ce qui est arrivé... Mais je me demande comment Himmler a eu vent de ces échanges épistolaires.

— Complot contre la patrie, fit Heinz. Je ne serais pas étonné que l'on vous retrouve un jour à Dachau ! S'il est vrai qu'on vous surveille, je n'ai qu'un conseil à vous donner : faites vos valises, collez-vous une fausse barbe et partez pour la Suisse ou la Suède.

Le Dr Elbers jeta à Wüllner un regard désespéré.

— Mais... si je m'enfuis, ce sera avouer ma culpabilité ! On demandera mon extradition, et rien ne pourra me sauver de la corde.

— Mon Dieu, que vous êtes compliqué, Dr Elbers ! Connaissez-vous donc si mal notre gouvernement ? Que vous disparaissiez ou que vous restiez, de toute façon vous êtes coupable. On vous soumettra à la torture jusqu'à ce que vous avouiez n'importe quoi. Prenez la fuite ! Pas sous votre nom, bien entendu ! Il y a suffisamment de faux passeports à Berlin ! Cachez-vous quelque temps dans les quartiers louches de la ville et... en route pour la Suisse.

— Et ne jamais pouvoir revenir ?

— L'Allemagne vous tient donc tellement à cœur ?

— C'est ma patrie.

— La mienne aussi. Mais, croyez-moi, ce gouvernement ne durera plus longtemps. Sa chute marquera une nouvelle ère, le début d'une nouvelle vie pour nous !

— Qui me le garantit ?

— Personne. Mais les signes sont évidents.

— Et si la situation se rétablit ? Il me faudra vivre éternellement en exil ?

Perdant patience, Wüllner donna un coup de poing sur la table.

— Bon Dieu, ne devenez pas sentimental, Dr Elbers ! Que préférez-vous ? Voir une dernière fois fleurir le printemps dans ce pays et finir dans une fosse remplie de chaux vive — ou partir sans demander votre reste et avoir toute une vie devant vous ? Le destin peut encore se montrer clément ! Tout n'est pas perdu...

— Mais j'ai prêté serment.

— Aujourd'hui, on fait même prêter serment aux enfants.

— Mais j'ai des responsabilités !

— Face à des irresponsables.

— Vous êtes, vous aussi, sous surveillance, parce que vous êtes mon collaborateur direct — et mon ami... si je peux me permettre de m'exprimer ainsi.

Pour Wüllner, cette information n'était pas vraiment une surprise. Il s'y attendait.

— Si mes juges sont au front avec moi, dit-il, ce sont des camarades. Et s'ils sont ici, à Berlin, cher Dr Elbers, je m'en moque comme de l'an 2000 !

— Vous courez le risque d'être arrêté !

— Sans preuves, on me relâchera ! Je n'ai rien à voir ni avec Röhm ni avec Strasser.

— Mais avec moi !

— C'est naturel, vous êtes mon supérieur hiérarchique.

Le Dr Elbers secoua la tête d'un air peiné.

— Wüllner, Wüllner, votre insouciance, votre culot et votre naïveté vous joueront des tours. Je vous avertis, je connais bien notre organisation — un modèle du genre ! C'est aussi pour cela que je ne veux pas aller en Suisse ! Il y a trop d'agents, là-bas, qui m'empoisonneraient ou m'abattraient. Himmler a le bras long. Vous aussi, un jour, il vous aura.

Heinz se contenta de sourire, mais c'était un sourire gelé.

— D'ici là, dit-il, la guerre sera perdue, ou je serai mort. Quoi qu'il en soit, je vous remercie de m'avoir prévenu.

Le Dr Elbers le regarda avec gravité.

— C'est pour cela que je vous ai fait venir à Berlin, ce n'est pas pour l'enregistrement. Je ne pouvais pas vous écrire — même le courrier est surveillé !

Wüllner serra la main qu'il lui tendait.

— Je ne crois pas qu'on m'arrêtera. En tout cas, pas sans preuves. Et on n'en trouvera pas.

— Que vais-je faire? prononça avec amertume le conseiller ministériel.

— Si vous ne voulez pas fuir à l'étranger, attendez donc que l'on vienne vous arrêter!

— Je préférerais me tirer une balle dans la tête!

Il prononça ces mots avec lenteur. On aurait dit qu'il tenait déjà le pistolet dans sa main.

Heinz Wüllner secoua la tête.

— Ce n'est pas mieux que la fuite... Dans les deux cas, vous avouez votre culpabilité! Non, croyez-moi, Dr Elbers. Néron a été assassiné, les Médicis ont mal fini, Robespierre et Danton ont terminé leur carrière sur l'échafaud, Napoléon est mort en exil, Olivier Cromwell eut la tête tranchée... Adolf Hitler, lui aussi, recevra un jour le châtiment de ses crimes.

— Mais nous ne vivrons plus pour le voir.

— Pourquoi pas? On redescend plus vite qu'on ne monte!

— Nous parlons comme des anarchistes.

— En l'occurrence, ça fait du bien!

Heinz se leva et enfila son manteau militaire.

— Ne faites pas de bêtises, Elbers. Gardez la tête haute et... bon courage! ajouta-t-il en bouclant son ceinturon.

Et il se dirigea vers la porte.

***

Heinz descendit le Kurfürstendamm et passa devant l'immeuble où Hilde avait son atelier. Cela raviva ses souvenirs. Il s'engouffra au pas de course dans le métro et prit la direction de Dahlem.

En bas de la vieille allée bordée d'arbres se dressait la grande bâtisse de grès. Sa maison.

Comme il arrivait devant, un chiffon tomba du ciel en voletant, se posa sur sa casquette, s'enroula autour de ses oreilles; un mince filet d'eau dégoulina dans son col de chemise.

Il leva la main, saisit l'étrange objet et vit que c'était une peau de chamois que quelqu'un avait dû laisser tomber. Une voix bien connue le fit alors sursauter.

— Excusez-moi, monsieur, je ne l'ai pas fait exprès ! Je suis désolée ! Je viens tout de suite la chercher.

Il entendit le bruit d'une fenêtre qui se refermait, et il sut que Hilde descendait à sa rencontre. L'espace d'un éclair, il fut tenté d'abandonner la peau de chamois et de disparaître. Mais il n'en fit rien.

Hilde apparut sur le pas de la porte, courut en direction de cet inconnu qui lui tournait le dos, le contourna et s'immobilisa, stupéfaite. Heinz, qui avait bien du mal à maîtriser son émoi, lui tendit la main.

— C'est bien toi ? murmura-t-elle.

D'un bond, elle fut à côté de lui et se mit à tourner en rond joyeusement. Puis elle l'attira vers la porte. Il la prit dans ses bras, embrassa ses yeux.

— Oui, c'est moi... C'est bon de te retrouver.

— Tu as une permission ?

— Une permission spéciale. J'ai une émission ce soir à la radio.

— Combien de temps restes-tu à Berlin ?

— A Berlin ? Un jour seulement...

— Heinz !

— ... mais près de toi, encore cinq jours !

De nouveau, il l'embrassa.

Mme Lanke, qui choisit précisément cet instant pour sortir, aperçut Hilde blottie dans les bras d'un officier allemand. Elle eut un mouvement de recul mais, comme l'homme se retournait, elle ouvrit grand la bouche et, s'appuyant contre le mur, considéra, stupéfaite, cette apparition. Elle aspira une grande bouffée d'air et dit simplement :

— Vous ?

— Que nous offrez-vous, avec le café ?

— Des petits fours, préparés par Mamie Bunitz, bégaya la vieille dame.

— Mamie Bunitz ? Alors, ils doivent être bons !

Heinz prit Mme Lanke par le bras et monta les marches, Hilde blottie contre son épaule. Mamie

Bunitz était justement venue rendre visite aux deux femmes ce jour-là. On l'entendait compter tout haut par la porte ouverte.

— Un... deux... trois... quatre.

Un silence.

— Sept, huit, neuf, dix... valet... dame... roi... as.

Wüllner s'immobilisa.

— Qu'est-ce que c'est que ça ?

— Elle tire les cartes, expliqua Hilde. Elle nous prédit l'avenir. Une fois par semaine ! Avec une bonne tasse de café et des petits fours ! Comme au bon vieux temps de nos grands-mères !

— A-t-elle au moins prédit mon arrivée ?

— Oui, fit Hilde avant que Mme Lanke ait eu le temps de répondre. La semaine dernière, elle nous a dit : « Il y aura une grande surprise lors de la prochaine collation... »

Etroitement enlacés, tous trois entrèrent dans le salon où se trouvait Mamie Bunitz et la saluèrent, riant de sa surprise.

Ce court après-midi fut pour tous une fête. C'était un peu comme si le temps s'était arrêté, comme si tout ce qui s'était passé pendant ces six mois — toutes les souffrances accumulées, toutes les peines — était oublié. Personne ne pensa à regarder l'heure et, à l'insu de tous, le soleil, lentement, déclina sur l'horizon, les ombres s'allongèrent. Le soir tomba...

⁂

A la Maison de la Radio de Berlin, on attendait Heinz Wüllner pour six heures moins le quart. Les appareils tournaient déjà, les rapports du front allaient commencer.

Wilhelm, le responsable de l'émission, se gratta la tête.

— Ça, c'est bien Wüllner ! S'il n'arrive pas dans les cinq minutes, je vais avoir une apoplexie !

Cinq minutes plus tard, le studio d'enregistrement était devenu une véritable ruche. Le Dr Curtius, le directeur, transpirait à grosses gouttes, le responsable de l'émission quant à lui suffoquait et le speaker était presque aphone.

— Il faudrait lui téléphoner, Wilhelm, hurla le Dr Curtius. Il est peut-être encore chez lui... il a dû s'endormir !

— On a déjà appelé chez lui ! glapit Wilhelm. Ça ne répond pas.

— Sept heures moins huit, laissa tomber d'un ton morne le speaker. Qu'est-ce que je vais leur raconter ? Veuillez excuser ce contretemps dû à des problèmes techniques...

— Taisez-vous ! hurla le Dr Curtius. Vous allez me rendre fou ! Vous imaginez Goebbels devant son poste, attendant le speech de Wüllner. Et vous allez lui parler de problèmes techniques ! Je n'y survivrai pas !

Wilhelm, lui aussi, n'était pas loin de la crise d'hystérie. Il se mit à maudire les femmes en général, et celles en particulier qui étaient la cause du retard de Wüllner, imaginant les plus terribles tortures qu'il serait possible d'infliger à la gent féminine.

Le speaker regarda de nouveau sa montre.

— Sept heures moins deux !

— C'est la fin ! gémit Wilhelm en essuyant la sueur qui coulait sur son front. Il ne viendra plus maintenant. On est grillés. Bon Dieu, je jure que je vais occire toutes ces femelles !

A cet instant, la porte s'ouvrit brutalement, et un homme se précipita à l'intérieur en criant :

— Wüllner... Wüllner... Wüllner...

Une seconde après, Heinz apparaissait, un sourire poli aux lèvres. Il prit dans sa serviette un manuscrit, s'approcha du micro, le mit sur la position *on*, regarda sa montre et, sans plus attendre, commença à parler.

Ce qu'il dit, seuls le Dr Curtius et le speaker l'entendirent. Le responsable de l'émission, lui, serrait les poings, les yeux braqués en direction de la porte. Une jeune femme était là ! Par tous les diables, elle le narguait, elle qui était la cause de tout ce drame. Et de plus, elle avait le front de sourire !

Il décida de la jeter dehors sans autre forme de procès.

Le Dr Curtius le retint par la manche.

— Etes-vous fou ? dit-il. C'est Hilde Brandes, la fiancée de Wüllner !

Wilhelm ouvrit de grands yeux.

— Il est fiancé ?

— Depuis six mois.

— Bon Dieu, il ne manquait plus que ça !

Résigné, il tendit l'oreille à ce que le correspondant de guerre Heinz Wüllner racontait aux auditeurs...

« Et surtout, chers camarades de tous les fronts, disait-il, si je vous parle aujourd'hui en direct de Berlin, je le dois à la chance d'avoir reçu, en première ligne, un éclat de grenade, c'est pourquoi me voilà dans notre chère patrie. Je veux donc vous parler d'elle, de ce pays dont vous ne cessez de rêver, car il vous tient à cœur. Qu'elle vous est chère, cette patrie qui accapare vos pensées, le soir, quand, enfouis dans vos blockhaus, la photo de votre bien-aimée à la main, vous vous laissez aller à vos souvenirs ! Je sais ce que l'on ressent lorsque l'on est de garde et que, le regard perdu dans les étoiles, on se dit : cette étoile brille aussi au-dessus de la chambre de mes enfants. Oui, je connais vos secrets, vos espoirs et vos craintes, et je sais ce que vous avez envie d'entendre ce soir.

« Croyez-moi, camarades, il n'y en a plus pour très longtemps ! Nous serons bientôt de retour chez nous. Debout devant ce micro, je vous imagine, soldats, camarades de tous les fronts, je vous vois comme si j'étais parmi vous : toi, canonnier Müller, de Brême ; toi, caporal Schmitz, de Cologne ; toi, sergent Schulze, de Dresde... Vous aimeriez être avec moi, à Berlin, pour voir les premiers arbres fleurir dans les jardins, les premières touffes de gazon sortir de terre, vous aimeriez cueillir le premier muguet dans les sentiers de campagne, sous le ciel du printemps, avec vos femmes ou vos fiancées. Patience, camarades, ce temps reviendra, et nous oublierons toutes nos souffrances ! »

Wüllner continua sur le même ton pendant plusieurs

minutes. Les techniciens admiraient son talent, la façon dont il jouait avec les sentiments des soldats.

« Et maintenant, conclut-il, une autre voix va vous parler du pays, une blonde jeune femme qui répond au nom de Hilde... »

Joignant le geste à la parole, Heinz poussa Hilde, stupéfaite, devant le micro, interrompit le son quelques instants et, s'adressant à elle :

— C'est le moment de montrer ce que tu sais faire !

Et aussitôt, il remit le son.

Hilde, qui n'avait jamais de sa vie parlé devant un micro, et encore moins à des millions d'auditeurs, surmonta courageusement son trac et s'écria :

« Chers soldats ! C'est la première fois que je me trouve devant un micro. Si vous ne me comprenez pas très bien, excusez-moi. Je veux vous dire que nous, les femmes et les filles de ce pays, nous pensons à vous, et nous espérons que cette guerre finira bientôt afin que nous puissions de nouveau vous serrer dans nos bras, guérir vos peines, panser vos blessures, effacer vos souffrances. Je vous salue et, à travers les milliers de kilomètres qui nous séparent, je vous tends la main et je vous dis : nous, les femmes, nous sommes fières de vous ! »

Hilde s'écarta du micro et un commentateur prit le relais, annonçant l'enregistrement que Wüllner avait fait au front et qui suivit.

Le directeur de la chaîne, le Dr Curtius, et Wilhelm, le responsable de l'émission, serrèrent vigoureusement la main de Hilde.

— Merci, vous allez nous valoir une montagne de lettres ! fit Wilhelm. Je vous parie, mademoiselle Brandes, que, dans les prochains jours, nous allons recevoir des sacs entiers de correspondance en provenance du front. On nous questionnera sur *Hilde* — où habite-t-elle ? quel est son âge, sa fleur préférée, la couleur de ses yeux ? Et Dieu sait quoi... Et il faudra répondre à tout ! Bon Dieu, quel travail vous nous promettez !

⁂

Les cinq jours de permission passèrent beaucoup plus vite que Heinz ne l'avait pensé. Le moment de la séparation approcha, et plus Hilde y pensait, plus elle s'efforçait de paraître gaie, insouciante, cherchant à distraire son fiancé, à l'éloigner de ses préoccupations.

Et puis ce fut leur dernière soirée, leur dernière nuit à Berlin. Heinz devait prendre le train du lendemain matin pour Vienne où l'attendait un avion qui le transporterait à Belgrade. De là, il regagnerait Petrovna.

Heinz était dans la salle à manger quand Hilde apporta les plats, repoussa vers le milieu de la table le bouquet de fleurs et mit une tranche de rôti dans chaque assiette.

— Tu ne veux pas manger, mon bandit? demanda-t-elle. Le rôti va refroidir et j'ai mis du bon beurre dans les légumes.

Heinz esquissa un sourire. Qu'aurait-il été, privé d'elle, dans ce monde sans âme?

Ils mangèrent en demeurant le plus souvent silencieux. Puis Hilde rangea la vaisselle dans la cuisine tandis que Heinz se dirigeait à pas lents vers le fumoir et s'allongeait sur le divan, la tête enfoncée dans les coussins, les yeux fermés. De la main droite, il alluma la radio qui se trouvait à côté de lui.

Les accents d'un opéra emplirent la pièce. Une douce mélodie, un chant dédié à l'amour. C'était *la Bohème*... La musique de Puccini s'enfla et Heinz se laissa aller à rêver. Il était enfin dans le monde qu'il aimait, le monde de l'espoir, du recueillement, de la paix de l'âme. Pourquoi la mort, le chaos, le non-sens les guettaient-ils dehors? Quelle absurdité! Pourtant, cela valait la peine de vivre quand le cœur pouvait parler....

Hilde revint. Elle baissa la radio, s'approcha de Heinz, passa ses bras autour de son cou et blottit sa tête contre sa poitrine. « Je t'aime tellement... tellement... » murmura-t-elle.

Le lendemain matin, Hilde accompagna Heinz à la gare.

— Ne m'écris pas tous les deux mois ! le pria-t-elle en tenant sa main serrée dans la sienne, alors qu'il se penchait à la fenêtre de son compartiment. Je veux une lettre par semaine !

Il rit. Il avait mis de travers sa casquette d'officier et celle-ci risquait de tomber à chacun des mouvements qu'il faisait. Il caressa tendrement les joues de Hilde.

— Promis ! Une lettre par semaine !

Un contrôleur passa le long du quai. « Fermez les portières ! Attention au départ ! récita-t-il, sachant pertinemment que personne ne l'écoutait. Dégagez le quai ! »

Heinz serra plus fort la main de Hilde.

— Un baiser, réclama-t-il, un dernier !

— Jamais de la vie !

Mais elle se dressa sur la pointe des pieds et tendit ses lèvres.

— A la prochaine permission !

Le train s'ébranla. Les mouchoirs voltigèrent, des sanglots éclatèrent. Quelque part, une voix d'enfant cria : « Reviens vite, papa ! »

Hilde garda la main de Heinz dans la sienne quelques secondes encore. Elle marcha le long du quai puis, au fur et à mesure que le train prenait de la vitesse, elle se mit à courir. Ses yeux étaient secs. Elle faisait des efforts désespérés pour montrer un visage serein, joyeux.

Heinz lui jeta un dernier regard.

— Sois courageuse... Je resterai près de toi par la pensée.

Elle lâcha sa main, cette dernière phrase lui avait noué la gorge. Le train accélérait, les bielles s'affolaient, une fumée blanche emplit le hall de la gare...

Hilde courut plus vite le long du wagon, mais le train progressait trop rapidement. Peu à peu, la fenêtre s'éloigna, cette fenêtre d'où il la saluait en agitant sa casquette... Elle s'arrêta, essoufflée, et fit des signes de la main. Et tandis qu'elle s'essayait à sourire, elle s'entendit crier, au milieu de la cohue et des sifflements de la locomotive :

— Heinz ! Heinz ! Nous nous reverrons ! Nous nous reverrons bientôt...

Puis elle ajouta à mi-voix :

— Heinz... il *faut* que je te revoie...

9

Les mois passèrent.

Une nuit, près d'Orscha, Heinz Wüllner accompagna une patrouille d'éclaireurs qui se dirigeait vers les positions russes, profitant des maigres buissons qui parsemaient ici et là la contrée.

Prudemment, le corps collé contre le sol, les hommes avançaient dans cette région dangereuse où, deux jours auparavant, une autre patrouille avait été exterminée par un tir nourri de mitrailleuse. Heinz rampait vers un petit bosquet qui profilait sa silhouette inquiétante sur le ciel nocturne. Derrière se dissimulait un block haus occupé par les Russes. A gauche, disposant d'un vaste champ de tir, une mitrailleuse lourde.

Mètre par mètre, Heinz progressait. Soudain, il sursauta. Il avait perçu un faible râle. Il s'aplatit sur le sol, retenant son souffle. Le râle, de nouveau, se fit entendre. Un gémissement sourd. Puis le silence revint, troublé seulement par le bruissement des branches.

Heinz s'apprêtait à reprendre sa progression pour rejoindre la patrouille quand un cri le fit s'immobiliser. Il n'y avait aucun doute, cela venait du buisson devant lui. Il ne prit pas le temps de réfléchir. Il oublia que ce buisson ne faisait pas partie de sa mission de reconnaissance, qu'il y avait à proximité une mitrailleuse en batterie et un blockhaus rempli de Russes. La mort guettait mais il y était habitué. Et là tout près un homme souffrait. Tout le reste, en cet instant, lui parut secondaire. Comme lui parut également secondaire de savoir à quelle nation appartenait cet homme. C'était une victime de la guerre, tout comme lui.

Prudemment, marquant une pause après chaque mouvement, il rampa jusqu'au buisson et écarta les branches devant lui. Il ne vit rien. Cependant un nouveau gémissement sembla venir de sous terre. Un râle sourd, profond...

Lentement, Heinz écarta davantage les branches et rampa au milieu des fourrés. Soudain, il aperçut un trou, profond de deux mètres environ. Un trou creusé par un obus. Dans cette excavation emplie d'eau jusqu'au tiers, il vit un homme, qui tendait désespérément un bras.

Heinz rampa jusqu'au bord de l'entonnoir, avança ses deux bras et saisit le blessé sous les épaules. Avec précaution, il tenta de le soulever, mais un cri de douleur l'arrêta dans son effort.

Pendant quelques minutes, il s'interdit tout mouvement, dans la crainte qu'une sentinelle donne l'alarme. Mais rien ne bougea... Seul le gémissement renvoyait son écho dans la nuit.

Alors, il se laissa glisser prudemment, plaça le bras gauche du blessé autour de son cou et tenta de hisser le corps sur la terre ferme. Il dut déployer toutes ses forces pour y parvenir, car l'homme était lourd. Au moment où ils atteignaient enfin la surface, une fusée éclairante troua la nuit et baigna quelques instants les alentours d'une lueur aveuglante.

Heinz, qui s'était aplati d'instinct au sifflement, se redressa. Il reconnut tout de suite l'uniforme gris du blessé. C'était un soldat allemand, peut-être le dernier survivant de la patrouille exterminée deux jours auparavant. Lentement, il redressa le visage de son camarade et sursauta.

Il connaissait ce visage maculé de sang, enflé par la fièvre, déformé par la souffrance. Cette bouche avait si souvent ri avec lui ! Et ces yeux qui le fixaient maintenant avec égarement étaient naguère si pleins d'énergie... Autrefois... dans les Balkans, à Petrovna, quand cette fille l'avait laissé l'embrasser...

C'était Wilhelm von Stohr! La main du destin les réunissait une fois encore.

Il souleva son ami, le plaça sur son dos et se remit à ramper lentement au milieu des buissons. Le faible gémissement l'accompagnait...

Pourquoi Wilhelm était-il abandonné là ?

Pourquoi ne s'était-on pas soucié de lui ? La patrouille n'était pas revenue... à moins qu'elle n'ait été entièrement détruite... Peut-être avait-on déjà envoyé douze lettres aux familles. Elles annonçaient que ces hommes étaient morts en héros pour le Führer et la patrie. Matricule 234679. Stohr Wilhelm. Un trait sur le livret militaire, un trait sur le passeport, rayé des listes, *ad acta*... Un homme avait cessé de vivre... Bientôt, on ne saurait même plus s'il avait jamais vécu. Il ne resterait de lui qu'un numéro raturé.

Et il vivait, couché sur le dos de son ami qui le traînait avec difficulté vers les positions allemandes.

Deux heures plus tard, Heinz Wüllner arriva avec son fardeau aux avant-postes allemands. Pendant la même nuit, il conduisit von Stohr en voiture jusqu'à l'antenne chirurgicale la plus proche. Le médecin de service fit immédiatement placer le blessé sur la table d'opération, découpa la manche de sa vareuse, examina la blessure, vit les éclats d'os qui saillaient... Le bras était en bouillie. Le praticien prit une scie et un couteau...

Une heure plus tard, Wilhelm fut transporté à l'infirmerie. On l'attacha sur un lit de camp recouvert d'une paillasse et on le borda soigneusement.

Le matricule 234679 avait perdu un bras.

Wüllner ferma les yeux. Ils étaient embués de larmes.

Le médecin serra sa main.

— Je n'avais pas d'autre solution, affirma-t-il, un jour de plus, et c'était la gangrène. On aurait pu sauver le bras tout de suite après qu'il a reçu l'éclat d'obus mais maintenant l'infection était trop avancée.

Heinz sortit à grands pas de l'infirmerie. Sa démarche était celle d'un ours fatigué. Ses jambes étaient lourdes comme du plomb. Elles portaient le poids du dégoût et de l'épouvante. Il se sentait coupable, coupable de devoir raconter chaque jour à des millions d'auditeurs que l'héroïsme et la guerre ennoblissaient l'âme de l'homme...

Il cracha par terre, enfouit ses mains dans les poches de son uniforme et sauta dans sa voiture. Direction : l'enfer du front.

***

A l'infirmerie, Wilhelm, le visage pâle, s'éveilla d'un profond sommeil. Il regarda avec des yeux étonnés autour de lui, voulut prendre avec sa main droite le verre qui se trouvait près de lui... Et vit le moignon, enveloppé dans des bandages. Il retomba en arrière. Un tremblement agita son corps.

Le matricule 234679 comprit et se mit à pleurer. A pleurer comme un enfant...

Dans la chambre voisine, la radio jouait des airs populaires : *C'est si bon d'être militaire...*

***

Deux mois plus tard — alors que les premières troupes américaines débarquaient en France — Heinz Wüllner se trouva en mission spéciale près de Cherbourg. Et quelques mois passèrent encore. Le front recula vers la frontière allemande. Les Américains prirent position sur le massif de l'Eifel, bousculèrent la ligne de blockhaus. Aix-la-Chapelle tomba. Les troupes allemandes reculèrent de nouveau vers le Rhin.

Wüllner fut envoyé au P.C. de Saint-Vith, petite ville qui fut, pendant plusieurs semaines, le point central des combats. Le moral des troupes était à zéro. Les munitions manquaient, sans cesse parvenaient de l'Est des nouvelles alarmantes. La Hongrie était aux mains des Russes et la guerre sur mer se soldait par le blocus total de l'Allemagne.

Dans les airs hurlaient des milliers de forteresses volantes qui pénétraient impunément aux quatre coins du Reich, détruisant les usines, écrasant les voies ferrées, pulvérisant les colonnes qui obstruaient les routes sur des kilomètres.

La fin du IIIe Reich était proche.

A l'intérieur des blockhaus, les soldats, crasseux, découragés, usés à défendre des positions perdues d'avance, privés des armes nécessaires, sans soins, leurs uniformes en lambeaux, écoutaient, à la radio, Goebbels parler de victoire et de foi, de courage et de nouveaux armements fantastiques.

En réglant sur une autre station, on entendait la voix d'un autre ministre du Reich qui avait commencé sa carrière comme architecte et contrôlait aujourd'hui la totalité de l'armement.

Il clamait : « La guerre aérienne ne nous affecte pas... Nous avons des armes à profusion, oui, nous avons même accru notre production d'armements... »

Et pourtant, les soldats au front en étaient réduits à compter leurs balles : les mitrailleuses, en une nuit, ne devaient pas tirer plus de cinquante coups. Les soldats des avant-postes ne bénéficiaient pratiquement plus d'aucun soutien d'artillerie, et il fallait de longues justifications pour obtenir de l'intendance de nouvelles munitions.

Ce fut quand ils virent apparaître des tanks à gazogène, ridicules blindés dont il fallait attiser les chaudières au tisonnier en plein milieu d'une bataille, quand ils entendirent parler de plans de sous-marins pareillement équipés et qu'ils constatèrent qu'on chargeait sur ces unités plus de bois de chauffe que de torpilles, que les moins éveillés comprirent combien leur sacrifice était inutile.

⁂

Ce jour était un jour de répit. Le temps couvert ne facilitait pas les bombardements aériens et Heinz avait profité de cette accalmie pour flâner dans les rues du petit village à moitié rasé de Volhagen et contempler les vieilles maisons à colombage, tassées, fissurées par la guerre.

Il terminait sa promenade et retournait au PC de la division quand il s'immobilisa, sidéré. Un car approchait, rempli de jeunes femmes qui adressaient aux soldats de grands signes amicaux.

Heinz hocha la tête.

C'est d'armes, de munitions, d'essence, d'avions, de tanks, de camions dont on avait besoin, sûrement pas de filles pour tourner la tête des dernières recrues !

Ne savaient-ils donc pas, en haut lieu, que c'était l'enfer, ici ? La peur effacerait vite le sourire de ces visages dès que les bombes et les grenades exploseraient !

Il s'approcha du car, tendit la main à la première fille qui en descendait.

— Qu'est-ce que vous venez faire ici ? demanda-t-il en aidant la suivante. Ici, on tue, ou on est tué.

— T'en fais pas, mon vieux, on le sait que ça tiraille dans ton coin !

L'inconnue s'était exprimée en berlinois. Heinz répondit dans le même dialecte :

— Quand tu auras le nez dans le plâtre, on en reparlera !

Elle poussa un cri de joie et sauta au cou de Heinz en s'écriant :

— Un vrai Berlinois... Hé ! les filles, vous vous rendez compte, un Berlinois dans ce bled !

Et elle lui donna un retentissant baiser sur la joue.

Déjà, autour d'eux, des soldats se pressaient, stupéfaits de cette arrivée inopinée.

Wüllner, que cette agitation agaçait, s'écarta du car. Il se disposait à aller prendre son micro pour enregistrer cette étonnante scène quand quelqu'un, derrière lui, lui ferma les yeux de ses deux mains.

— Qui est-ce ? demanda une voix grave, manifestement contrefaite.

Heinz, habitué à de telles blagues de la part de ses copains, sourit.

— Peter ?

— Non !

— Fritz ?

— Non plus !

— Von Hollander ?

— Non, je n'ai pas de particule ! fit la voix.

Ce timbre ne lui était pas inconnu... Heinz fit un nouvel essai.

— Lutz ! Imbécile heureux !

— C'est toi l'imbécile !

Wüllner tendit l'oreille. Il y avait dans cette voix un soupçon d'accent berlinois. Mais, des Berlinois, le cercle des officiers en comptait beaucoup... Peut-être était-ce cet acteur de théâtre...

— Je sais ! Helmuth l'acteur !

— Raté, monsieur le correspondant de guerre !

Heinz se retourna. La voix grave avait mué soudain. C'était celle d'une femme. La silhouette qu'il découvrit était engoncée dans un uniforme gris et, sous le képi, des mèches blondes folâtraient. Deux yeux bleus moqueurs le regardaient tandis que deux bras se suspendaient à son cou. Une voix douce bien connue murmura à son oreille :

— Je te l'avais promis... Je t'avais dit que nous nous reverrions bientôt, mon amour !

— Hilde !

Il ne put retenir sa colère.

— Que viens-tu faire dans cet enfer ?

Mais il la serra contre lui, embrassa ses lèvres, ses yeux, ses boucles blondes.

— Hilde ! Hilde !

Il ne pouvait plus dire autre chose.

Ses camarades, toujours prêts à plaisanter, s'étaient éloignés, sentant que, cette fois, il se passait quelque chose d'inhabituel.

Le premier moment de surprise passé, Wüllner se ressaisit.

— Qu'est-ce que tu fais ici ? répéta-t-il plus doucement.

— Je me suis engagée comme auxiliaire des transmissions.

— Mais pourquoi ?

Hilde hésita. Allait-elle lui dire la vérité ? Non, ce n'était ni le moment ni l'endroit. Elle se contenta de répondre :

— Je n'ai fait que mon devoir.

— Devoir... devoir... C'est de la folie ! Et comment es-tu venue à Volhagen ?

— Mais... tu m'as écrit toi-même que tu étais ici ! Mme Lanke, qui envoie toutes tes lettes à mon service, a fait jouer ses relations à l'état-major, elle a un cousin dans la place.

— Un cousin à l'état-major... ton service... Qu'est-ce que c'est que cette histoire ? Tu es engagée volontaire ?

— Oui.

— Mais pourquoi, Bon Dieu ? A cause de moi ?

Hilde réfléchit. Si elle disait oui — et c'était la vérité — il allait se fâcher. Si elle disait non, il lui faudrait trouver une raison, et elle ne voyait pas laquelle...

— A l'université, j'ai lu un livre sur les paysans de la région, plaisanta-t-elle, mais je n'ai pas cru un mot de ce qu'ils racontaient sur leur vie dure. J'ai voulu me rendre compte par moi-même... Dans l'intérêt de mes études !

Il n'eut pas l'occasion de répondre car le colonel Luchwitz, commandant le secteur, apparut. Négligeant les autres filles qui saluaient militairement et, paquetage aux pieds, attendaient ses décisions, il se dirigea droit sur Hilde, la salua et, s'inclinant légèrement, dit :

— Si je ne me trompe, vous êtes mademoiselle Brandes ?

Hilde le regarda, interloquée.

— Vous me connaissez, mon colonel ?

— D'après photo seulement, d'après photo ! Le lieutenant Wüllner vous a installée sur sa table. Chaque fois que je passe devant le cadre, je me dis : « Tiens, ma fille lui ressemble ! » Et c'est bien vrai. Ma fille est étudiante en médecine à Bonn.

Hilde, heureuse de l'amabilité du vieux colonel, le salua militairement, et se présenta :

— Auxiliaire des transmissions Hilde Brandes, 3e compagnie, affectation spéciale B, à vos ordres, mon colonel ! Puis-je vous remettre cette lettre ?

Luchwitz rit de sa spontanéité et fit un signe de connivence à Heinz. Celui-ci, soudain radieux, s'était mis au garde-à-vous et, regardant le colonel droit dans les yeux, il dit :

— J'ai une requête à vous adresser, mon colonel.

— Allez-y, Wüllner.

— Depuis plusieurs jours je me passe d'assistant pour mes prises de son, depuis que le caporal Werner est tombé malade. Je demande l'aide d'un nouvel auxiliaire des transmissions !

Le colonel réprima un sourire tandis que Hilde devenait toute rouge.

— Allons, allons, fit Luchwitz, c'est du chantage ! Vous savez que je n'ai pas d'assistant sous la main, sinon, je vous en aurais donné un depuis longtemps !

— Puis-je faire remarquer à mon colonel qu'un car d'auxiliaires vient d'arriver ?

— Rempli de filles, lieutenant Wüllner !

— Mais... elles sont formées pour le service radio, mon colonel !

— Pour la division. Pas pour une mission en première ligne ! C'est une affaire d'hommes.

— Je prie mon colonel de faire un petit sondage d'opinions. Bien entendu, je ne prendrai avec moi qu'une volontaire...

— Croyez-vous donc qu'il y aura une fille assez folle pour échanger le confort de l'état-major contre celui d'une tranchée au front ?

— Puis-je faire une suggestion ? Cette demoiselle, auxiliaire confirmée, mission spéciale B, se porte, je crois, volontaire pour ce poste.

Le colonel Luchwitz, manifestement amusé, se tourna vers Hilde.

— Est-ce vrai, mademoiselle Brandes ?

La réponse fut donnée sur un ton énergique.

— Oui, mon colonel !

Luchwitz ne put s'empêcher de rire aux éclats. Il prit le bras de Hilde.

— Allons d'abord arroser votre arrivée avec une bonne bouteille de vin de Moselle, ainsi que l'impudence de notre cher journaliste, à laquelle, du reste, j'ai eu tout loisir de m'habituer !

⁂

Le soir venu, quand enfin Wüllner reçut l'autorisation de prendre avec lui sa nouvelle assistante, il avait sérieusement taquiné la bouteille avec le colonel. Quant à Hilde, sans avoir vidé son verre avec autant d'entrain que les deux hommes, elle sentait pourtant la tête lui tourner un peu.

Soudain, tous trois sursautèrent. Un homme accourait, claquait des talons et, hors d'haleine, criait :

— Alerte ! Alerte ! Attaque de blindés sur la ligne des blockhaus.

— Bien, dit seulement Luchwitz, les choses sérieuses commencent.

Et il sortit rapidement.

Blême, Hilde leva la tête vers Heinz.

— Qu'est-ce que ça signifie ?

Elle se mit à trembler. Heinz, qui avait reçu la nouvelle comme un coup de poing en pleine poitrine, lui prit le gobelet des mains et la fit asseoir.

— Cela signifie qu'il ne faut pas perdre la tête, dit-il avec calme. L'armée américaine va enfoncer le front de l'Ouest. La percée vers Cologne et le massif de l'Eifel commence par le Rhin. Qui possède la maîtrise du Rhin peut étouffer l'Allemagne, et qui possède la Ruhr tient le cœur de notre pays. C'est la fin...

Il avait prononcé cette phrase avec une telle fermeté que Hilde en frissonna.

— C'est vraiment la fin ? demanda-t-elle. La guerre est perdue ?

— Si la percée réussit, c'est la chute. Mais la guerre

est perdue depuis Stalingrad. On en voit déjà les signes précurseurs avec la percée dans le mur de l'Atlantique et l'attentat à la bombe du 20 juillet au quartier général du Führer. C'est l'hallali, avant que le rideau tombe !

A cet instant, la porte s'ouvrit. Un officier à qui il manquait le bras droit entra en trombe.

— Heinz Wüllner est ici ? demanda-t-il.

Heinz se retourna.

— Willy ! Toi ici ? Au front ?

Les deux amis se précipitèrent dans les bras l'un de l'autre.

— Willy, vieille branche ! Content de te voir ! Je te présente ma fiancée.

Se tournant vers Hilde, il ajouta :

— C'est Wilhelm von Stohr. L'ami...

— ... qui doit le peu de vie qui lui reste à votre fiancé ! termina Stohr en saluant d'un geste amical. Mais je ne savais pas que, vous, vous étiez aux transmissions !

— Je me suis engagée en secret... pour lui faire une surprise. Je viens à peine d'arriver. Je serai son assistante.

Heinz eut un geste de dénégation. Il déclara le plus sérieusement du monde :

— Ça, c'était le passé. Maintenant que Willy est de retour, c'est lui qui va m'assister. Et puis, avec cette nouvelle offensive de l'ennemi, je ne peux plus prendre sur moi de t'emmener au front.

— Mais, moi, je le prends sur moi.

— Tu es sous mes ordres. C'est moi qui...

— Tu n'as absolument rien à me commander. Je suis responsable de mes actes. D'ailleurs, le colonel est d'accord.

— Pas moi. J'ai changé d'avis ! Quant à Luchwitz, je m'en charge.

— Dans ce cas, répliqua Hilde, furieuse, je m'engagerai dans une autre unité.

— Je ne te laisserai pas faire.

— Je fais ce que j'estime juste !

Heinz se tourna vers son ami.

— Qu'en dis-tu, Wilhelm ?

— Que c'est de la folie d'envoyer des filles au front. Mais je préférerais l'avoir près de moi que la savoir dans une autre unité ! De toute façon, tu peux être sûr que la Wehrmacht tout entière sera, tôt ou tard, en contact avec l'ennemi ! Les Américains ne vont pas tarder...

Dans la pièce attenante, les hommes entraient et sortaient sans discontinuer, le téléphone sonnait, le télégraphe cliquetait. Les agents de liaison à moto se succédaient sans interruption. Le village de Volhagen ressemblait à une gigantesque ruche.

Au milieu de tout ce brouhaha, une personne semblait le calme même : le colonel Luchwitz, assis à son bureau, penché sur les cartes d'état-major. Il donnait ses ordres d'une voix posée, planifiant les déplacements et les affectations de ses troupes.

Cependant, sans perdre de temps, Wilhelm von Stohr raconta :

— On m'a maintenu en vie grâce à deux transfusions sanguines. Peu à peu, mon moignon a cicatrisé, après une deuxième amputation. C'est là, à l'hôpital, que j'ai appris la nouvelle : l'attentat du 20 juillet. Je n'en revenais pas. Si ça a réussi, me disais-je, si la bombe a fait sauter toute la baraque, Bon Dieu, on va avoir la paix dans une semaine ! Tu rentreras chez toi, tu reverras ta femme et tes enfants. Malheureusement, ça a raté... Hitler a survécu, Himmler a pris le commandement de toutes les forces armées de l'intérieur, on a imposé le salut hitlérien dans l'armée, les condamnations à mort se sont succédé, le chaos a atteint son apogée. J'ai appris au ministère de la Propagande que tu étais devant Saint-Vith, et j'ai cassé les pieds au Dr Veithagen jusqu'à ce qu'il m'envoie ici. Il fallait que je te prévienne.

Wüllner avait sursauté au nom de Veithagen.

— Veithagen ? Tu veux dire que ce n'est plus le Dr Elbers ?

Von Stohr évita son regard.

— Tu n'es pas au courant ?
— Non, que s'est-il passé ?
— Il est mort.
— Mort ? s'écria Hilde en serrant le bras de Heinz.
— Oui.
— Gestapo ?
— Non. Suicide. Le Dr Curtius aussi. Tous deux devaient être arrêtés le lendemain matin. Ils ont dû l'apprendre. Et chez le Dr Elbers, on a trouvé des documents compromettants te concernant, Heinz... Il fallait que tu le saches.
— Heinz !
Hilde avait poussé un tel cri d'effroi que le colonel Luchwitz leva le nez de ses cartes.
— Des documents contre moi ? reprit Heinz.
— Oui. Tu es sur la liste.
Wüllner sourit.
— Qu'ils viennent donc m'arrêter ici !
Le colonel Luchwitz les rejoignit alors de sa démarche pesante. On aurait dit une montagne en déplacement.
— Que se passe-t-il ici ? On se dispute ?
— Non, mon colonel, expliqua Heinz au garde-à-vous, mais je viens d'apprendre que la Gestapo est responsable de la mort de deux de mes amis et que je suis moi-même sous surveillance...
Luchwitz, que rien ne semblait pouvoir ébranler, gratta son menton mal rasé.
— La Gestapo ? Désagréable ! Qu'allez-vous faire ? Ils sont tout à fait capables de venir vous chercher ici ! Le mieux, c'est de filer tout de suite. Partez pour Saint-Vith...
Il lui tendit une carte qu'il tenait à la main et où se trouvait porté le tracé de la ligne du front et des positions ennemies. Puis, sans ajouter un mot, il retourna dans son bureau.
Wüllner et von Stohr se penchèrent immédiatement sur la carte. Avec un crayon, Heinz traça un petit cercle autour d'un renfoncement dans la ligne du front et une ligne courbe en direction de Volhagen. Puis il roula la

carte, la fourra dans sa poche et se dirigea vers la fenêtre.

Le silence s'était installé dans la pièce. Un silence pesant. On entendait seulement le claquement sec des mitrailleuses... TAC TAC TAC... TAC... TAC TAC...

Heinz contempla la nuit tombante. Ses doigts tambourinèrent contre la vitre, de plus en plus vite, de plus en plus irrégulièrement, au fur et à mesure que l'obscurité engloutissait les maisons. Il cherchait des réponses à tant de questions...

TAC TAC TAC TAC... TAC... TAC TAC... TAC TAC TAC...

Plus tard, trois ombres se glissèrent vers les lignes avancées allemandes : deux reporters et une jeune femme blonde aux yeux bleus...

Au fur et à mesure qu'ils approchaient du front, le martèlement de l'artillerie se faisait plus fort. Le ciel se zébrait de fusées éclairantes qui illuminaient les environs d'une lueur blafarde. Chaque fois, tous les trois se jetaient à plat ventre sur le sol labouré par les obus. Ils durent parcourir la dernière partie du trajet en bondissant d'un buisson à l'autre et, finalement, après une marche de trois heures, ils parvinrent à la première tranchée du système de défense allemand.

Un jeune lieutenant à la tête bandée vint à leur rencontre et leur demanda s'ils appartenaient à la Propagande — on avait en effet du PC de la Division annoncé leur arrivée par téléphone.

Wüllner et von Stohr le saluèrent et s'informèrent de la situation.

— Notre secteur est plutôt calme, dit le lieutenant Wirz en dessinant une croix dans l'air. Mais ça ne va pas durer. Ça va sauter, ici aussi ! Les Américains attaquent plus au Nord, ils ont dû concentrer là-bas d'énormes masses de blindés.

— Eh ! bien, attendons, fit von Stohr avec philosophie. De toute façon, partout où on met les pieds, c'est une sacrée pagaïe ! N'est-ce pas, Heinz ?

Wüllner acquiesça. Il pensa à Hilde, à la légèreté dont il avait fait preuve en l'emmenant avec eux en première ligne. Mais il n'eut pas le temps de s'attarder à ces scrupules, car à cet instant un sifflement strident troua l'air, suivi de crépitements.

— Attention ! cria Wirz. A couvert !

Une salve d'obus explosa à proximité de la tranchée. Des geysers de terre furent propulsés vers le ciel. Les éclats retombèrent tout près. Puis il y eut une seconde salve, suivie d'une troisième, et chaque fois le rugissement se rapprochait un peu plus, suivi du grondement des impacts dans le sol d'argile dure.

— Tirons-nous ! cria Stohr à l'oreille de Heinz. Ils sondent le terrain. Les prochains obus seront pour nous.

Il courut sur les traces de Wirz qui avait disparu derrière une bifurcation de la tranchée.

Wüllner les suivit, s'accroupit un instant pour éviter l'impact d'une explosion toute proche, et continua d'avancer par petits bonds. Soudain, il s'immobilisa. Où était passée Hilde ? Elle s'était accroupie derrière lui quand les premiers obus avaient explosé sur la tranchée. Et maintenant, elle avait disparu.

Fou d'angoisse, il courut en sens inverse dans la tranchée et, au moment où il bondissait par-dessus un amas de terre, il se heurta de plein fouet à quelqu'un.

« Oh ! entendit-il, excusez-moi ! »

— Hilde ! cria Wüllner au milieu du fracas des explosions.

— C'est moi ! hurla-t-elle.

Il la prit par le bras et l'entraîna avec lui, trébucha plus loin sur un cadavre qui ne se trouvait pas là une minute plus tôt, et ils atteignirent, hors d'haleine, un blockhaus souterrain aménagé sous un petit monticule boisé.

Malgré le bombardement, Stohr attendait à découvert, surveillant la tranchée. Quand dans l'obscurité il vit progresser vers lui les deux silhouettes, il fit volte-face et descendit les marches escarpées qui conduisaient à une pièce enfumée chauffée par un poêle.

Derrière lui, Heinz et Hilde arrivèrent, à bout de souffle.

Wüllner avait une mine réjouie.

— J'aimerais bien savoir ce que tu trouves de drôle à cette situation ! grogna Stohr.

Heinz poussa Hilde dans un coin sous une grosse poutre, l'endroit le plus sûr du blockhaus, et s'accroupit à côté de son ami.

— Ce qui me fait rire ? C'est cette sacrée gamine ! Sais-tu ce qu'elle m'a dit quand je me suis heurté à elle dans la tranchée ? « Oh ! excusez-moi ! » Comme sur le Kurfürstendamm quand on marche sur les pieds de quelqu'un ! Avec tous ces obus qui explosaient à proximité !

Il se retourna vers Hilde.

— Pendant que tu y es, demande gentiment aux grenades de faire un peu moins de bruit !

Les trois hommes éclatèrent de rire. La jeune fille détourna la tête. Elle ne supportait pas que l'on se moque d'elle, surtout à propos de choses sérieuses. Si elle s'était excusée, c'était pour dissimuler sa peur. Tout simplement...

Le lieutenant commandant le secteur, après avoir introduit dans le poêle quelques morceaux de bois, se roula une cigarette.

— Ça va être comme ça jusqu'à demain matin, dit-il. Ils ont dû entasser un sacré matériel, là-bas. Notre artillerie ne peut tirer que cent coups par nuit... Celui qui s'amuse à risquer un coup de plus que prévu passe devant un tribunal de guerre pour sabotage ! C'est de la démence. Si tu te tires, tu es fusillé pour désertion. Et si tu tires sur l'ennemi, tu es un traître...

Il eut un petit rire. Ce jeune officier de vingt-deux ans à peine dirigeait une compagnie chargée de couvrir un secteur de deux kilomètres. Wüllner le regarda avec compassion.

— Depuis combien de temps es-tu là ? demanda-t-il

— Ici ? Depuis quatre mois. Pourquoi ?

— Tu as un poste de responsabilité... et tu es si jeune...

— C'est par hasard. Le lieutenant Barfeld commandait la compagnie. Il est tombé avant-hier devant une attaque au bazooka. J'étais le seul officier restant, alors, j'ai pris le commandement. De la compagnie, et de tout le secteur. Comme on manque d'officiers, le PC de la Division a aussitôt confirmé mes fonctions.

Dehors, les tirs d'artillerie s'étaient un peu ralentis. Un bruit sourd avait pris la relève. Un roulement diffus. Les trois hommes et la jeune fille tendirent l'oreille.

— Que je sois pendu... ronchonna Stohr, si ce n'est pas...

Il n'eut pas le temps d'en dire davantage. Un homme couvert de terre dégringola à cet instant l'escalier et cria dans la pièce enfumée :

— Alerte aux tanks ! Des blindés à droite et au centre ! Ils arrivent sur nous !

— Tous les hommes sont à leurs postes ? demanda Wirz.

— Oui, mon lieutenant !

— J'arrive !

Il saisit sa mitraillette et mit son casque.

— Vous venez ? demanda-t-il.

Wüllner attrapa son matériel d'enregistrement, aidé par Stohr.

— Et moi, qu'est-ce que je prends ? demanda Hilde.

— Toi, tu restes ici !

— Non !

— Si !

— Si tu sors, moi aussi !

Heinz perdit patience. Se retournant vers elle, il hurla :

— Tu es auxiliaire des transmissions, et en tant que telle, sous mes ordres ! Et je vous ordonne, auxiliaire Brandes, de rester dans le blockhaus jusqu'à notre retour ! Compris ?

Hilde ouvrit la bouche, considéra, sidérée, l'homme qui lui parlait de la sorte et balbutia un « oui » hésitant.

Wüllner grimpa quatre à quatre l'escalier et disparut dans la nuit.

Le calme était revenu. L'artillerie s'était tue. Seul le ronflement crispant des chenilles rompait le silence.

Le front semblait immobile et muet. Ce calme soudain agissait presque sur les esprits comme un soporifique.

Avec circonspection, Hilde grimpa les marches glissantes et regarda vers la tranchée. Elle ne dépassa pas le seuil du blockhaus de manière à ne pas enfreindre l'ordre reçu. A la lueur de la lune, elle aperçut les trois hommes qui prenaient la position du tireur couché à côté d'une mitrailleuse lourde et d'un bazooka. Heinz avait branché son micro, le câble courait jusqu'à la valise près de laquelle Stohr, accroupi, réglait le son. Apparemment, il avait déjà commencé à enregistrer, car il tenait son micro à la main, tout près de la bouche.

Le silence trompeur de la nuit fut soudain déchiré par un coup de tonnerre. En un instant, le paysage prit des allures d'apocalypse. De tous côtés, des fusées éclairantes trouaient l'obscurité, les grenades antichars dessinaient dans les airs leurs gigantesques jets de flammes, les impacts d'obus s'accompagnaient de véritables geysers.

Hilde découvrit alors un de ces colosses d'acier qui, donnant toute sa puissance de feu, tordait au passage les fils de fer barbelés comme des allumettes... Un blindé américain s'avançait vers leurs positions.

Son cœur se serra. Elle eut soudain l'impression d'être prise à la gorge, broyée dans un étau... Elle avala sa salive avec difficulté. Il lui sembla que son pouls s'arrêtait de battre.

Le lieutenant Wirz se retourna vers Wüllner et Stohr.

— Il y en a une vingtaine ! dit-il. S'ils viennent sur nous, on n'a plus qu'à dire une prière. Ils vont pulvériser nos défenses.

Stohr leva les yeux. Ils avaient un éclat bizarre.

— Nous devons être fiers que l'ennemi nous accorde autant d'importance ! Toute une armée de tanks pour éliminer de pauvres zèbres comme nous ! Et tout un régiment d'infanterie ! Quel honneur !

Wüllner secoua la tête. Il allait répondre quand des

grenades sifflèrent. On aurait dit que la terre éventrée se mettait à hurler de douleur.

Et puis il y eut le bruit d'une chute, tout près de lui. Quand il tourna la tête, il vit un casque, et sous le casque, des cheveux blonds...

— Hilde ! Hilde ! Que fais-tu ici ?

— Je veux être près de toi, dans cet enfer !

— Mais je t'ai interdit...

D'un geste ferme, il la tira à ses côtés dans la tranchée.

— Tu es folle ! Retourne là-bas immédiatement !

Il n'eut pas le loisir d'en dire plus. Une explosion assourdissante couvrit ses paroles. Instinctivement, il se colla au sol, le nez dans la boue. Il sentit la terre et les pierres retomber sur eux, reçut un coup violent à l'épaule droite... Un liquide chaud coula sous sa chemise.

Lentement, il se redressa, regarda autour de lui.

Hilde, Wirz et Stohr s'extirpaient de l'avalanche qui les avait recouverts. Mais là où, quelques instants plus tôt, se trouvait le blockhaus, il n'y avait plus qu'un amoncellement de troncs, de terre et de blocs de ciment d'où l'on voyait émerger le corps d'un soldat.

Un frisson courut dans son dos. Dieu merci, Hilde n'était pas restée dans le blockhaus !... Il préféra ne plus y penser. Il se sentit soudain infiniment las, faible. Des ronds rouges se mirent à danser devant ses yeux. Il entendit une voix lointaine qui disait :

— Heinz ! Tu es blessé ?

De nouveau, des cercles dansaient devant lui. Il entendait une musique... Tout tournait. Il ne sentait plus le sol sous ses pieds, il était léger, tellement léger, une sensation de plénitude l'envahit... Il glissa, et tomba dans les bras du lieutenant Wirz.

On le transporta avec précaution dans un autre blockhaus où on l'allongea sur un lit en bois. Un coup de ciseaux dans la chemise. Le sang coulait d'une profonde blessure à l'épaule droite. Un éclat avait pénétré dans la chair. D'un geste sec, Stohr l'arracha. Le blessé gémit. Hilde, tremblant de plus en plus fort, réussit pourtant à faire un pansement.

Un homme surgit.

— Où est le lieutenant ? hurla-t-il.

— Ici ! répondit Wirz.

— Dix-sept blindés ont fait une trouée à droite dans nos lignes, mon lieutenant ! Ils enfoncent la deuxième ligne !

— Quel merdier !

Ce furent les seuls mots du lieutenant Wirz. Qu'aurait-il pu dire d'autre ? C'était la fin de la Wehrmacht.

Wüllner poussa un nouveau gémissement. Son bras droit gesticula dans les airs.

— Le micro... balbutia-t-il. Le micro...

Il y eut un nouveau bruit de bottes. Une estafette dégringolait l'escalier, le visage maculé de sang, le regard fixe.

— L'ennemi a fait une percée sur notre aile gauche avec vingt blindés ! Notre ligne de blockhaus est détruite.

— Quel merdier !

Ces deux mêmes mots, comme une litanie...

Le soldat disparut.

— Conclusion ? demanda Stohr en épongeant la sueur qui dégoulinait du front de Heinz.

— Encerclés, fit Wirz d'un ton neutre. Nous sommes encerclés. C'est la fin...

Wüllner se tourna sur le côté, tâtonnant autour de lui.

— Hilde ! balbutia-t-il. Hilde ! Hilde...

— Je suis là, Heinz ! murmura-t-elle en serrant sa main.

— Qu'est-ce qui se passe ?

— Tout va bien. Mais il faut que tu sois calme.

— Hilde ?

— Qu'y a-t-il ?

— Tu te souviens de notre bonhomme de neige ?

— Bien sûr...

— C'était le bon temps !

Elle retint les larmes qui lui montaient aux yeux.

— Il reviendra, je te le promets, il reviendra.

— Oui, bien sûr, il reviendra. Mais quand ?

Un sourire courut sur ses traits fatigués. Si seulement la paix pouvait venir... la paix... la paix... la paix...

Dehors, c'était l'apocalypse.

10

Le surlendemain matin, quand Heinz se réveilla, les troupes américaines avaient depuis longtemps enfoncé la seconde ligne et même une partie de la ligne ouest des blockhaus. Saint-Vith avait été évacué. Seule la compagnie du lieutenant Wirz avait tenu ses positions, îlot perdu au milieu des troupes ennemies entravant à peine, comme un brise-lames avancé dans la mer, le déferlement de l'offensive alliée.

Wirz restait curieusement décontracté. Il répétait que cela lui vaudrait bien la Ritterkreuz, la croix de chevalerie, et que, de toute façon, il n'avait pas le choix. De plus, toutes les liaisons étaient coupées. Il eût certainement préféré une fuite sans gloire à la faveur de la nuit, si elle avait eu la moindre chance de réussite, et s'il avait su où faire replier ses hommes.

Heinz parvint à se lever. Il alla s'asseoir près du feu. Non loin de lui, Hilde restait silencieuse. Stohr, qui mâchonnait depuis deux jours un bout de fromage séché, le regarda avec attention.

— Tu as perdu ta langue ?

— Peut-être... grommela Heinz.

— Tu ferais mieux de te creuser la tête pour trouver une idée afin de sortir d'ici !

— Faire une percée...

Wirz crut avoir mal entendu.

— Tenter une percée avec une poignée d'hommes ?

— Combien en avez-vous ?

— A peine une centaine.

— Ce n'est pas le Pérou, mais c'est mieux que rien. Divisez-les en groupes de neuf et faites-les partir séparément. A intervalles d'une demi-heure. Direction Saint-Vith.

— Saint-Vith est tombé, mon vieux, ricana Stohr.

— Alors, essayez par Schleiden ! Il doit bien y avoir un trou quelque part !

Wirz secoua la tête devant tant d'optimisme. Pour lui, il n'y avait qu'une solution : tirer les balles qui restaient et se rendre. La guerre serait finie, avec ou sans Ritterkreuz. Mais combattre... faire encore des victimes inutiles...

C'était surtout Hilde qui préoccupait Heinz. Il fallait la tirer de là. Il fallait prendre des risques... Facile à dire alors qu'allaient sonner les dernières heures de la Wehrmacht ! Qui serait disposé à risquer sa vie pour une femme inconnue ?

Il se leva et avança en chancelant vers la porte. Hilde, étonnée, courut vers lui et lui prit le bras.

— Où vas-tu ?

— Voir où nous en sommes de mes propres yeux.

— Je vais avec toi, tu es trop faible...

Elle le guida prudemment sur les marches glissantes du blockhaus. Dehors, tout était gris.

Dans la fraîcheur matinale, la blessure de Heinz se raviva. Il serra les dents, étouffa un gémissement de douleur, puis, lentement, pas à pas, soutenu par Hilde, il approcha de la tranchée.

— C'est ici qu'ils m'ont eu ! Et là-bas, à droite et à gauche, ils ont fait leur percée... Direction Saint-Vith. Devant nous, les Américains. Derrière, le cercle est bouclé. Saint-Vith évacué, il ne reste que l'Eifel. Il faut essayer de passer par Schleiden... Le barrage d'Urft. Puis Euskirchen. Et là-bas, Hilde, quelque part là-bas, il doit bien y avoir un passage. Je le sens... Oui, c'est comme si je le voyais.

— Mais Wirz ne veut plus prendre de risque inutile. Il dit que la guerre vit ses dernières heures...

Heinz l'interrompit d'un mouvement impatient.

— Il ne s'agit pas de tenter une percée, il s'agit de toi. Il faut que tu rejoignes les troupes allemandes. Moi, je reste ici. Mais toi, tu dois te sauver !

— Pas question ! Je ne quitterai pas le père de mon enfant !

Comme touché par la foudre, Heinz se tourna vers elle. Sa blessure le fit grimacer de douleur.

— Père... de ton... enfant... ? balbutia-t-il. Hilde ! Hilde ! Ce n'est pas...

Il s'arrêta de parler pour la regarder. Hilde ne baissa pas les yeux.

— La dernière nuit, pendant ta permission... Je l'ai su tout de suite... Trois semaines plus tard, j'en ai eu la confirmation. Nous serons bientôt trois !

— C'est pour quand ?

— Juillet. Encore cinq mois.

— Et tu ne me l'as pas écrit !

— J'ai voulu t'en faire la surprise. Et puis, je ne voulais pas que tu te sentes lié. Tu as besoin d'indépendance... Rien ne pressait.

— Et... pourquoi me le dire aujourd'hui ? Justement aujourd'hui ?

— Parce que tu t'apprêtes à me renvoyer loin de toi !

Wüllner eut soudain un visage dur, un regard lointain, ses pommettes saillaient, les veines de son cou étaient gonflées.

— Il faut que tu partes ! ordonna-t-il. Il faut que tu sortes d'ici. Le mieux serait qu'un gars t'accompagne. Ce doit être possible.

— Non !

— Tu portes notre enfant. Un enfant qui ne doit rien savoir de la guerre et de ses horreurs. Désormais, tu as une responsabilité. Il faut agir. Tu as le devoir de te sauver... pour lui !

— Ma place est à tes côtés. Tu es son père. Que ferais-je d'un enfant sans père ?

Ses yeux étaient remplis de larmes.

Heinz caressa ses cheveux, jouant avec ses boucles blondes. Sa gorge était sèche. Dans sa bouche, les mots lui faisaient l'effet de boules de poison. Pourtant, ces mots terribles, il fallait qu'il les prononce... Il les lâcha d'une voix douce, mais ferme.

— Hilde, je t'en prie, je t'en supplie, sauve-toi avec notre enfant ! C'est ton devoir, et tu dois le placer au-dessus de tout ce qu'il peut y avoir d'autre sur cette terre. Notre enfant est plus important que tu ne l'es, plus important que je ne le suis.

Hilde ne répondit pas. Les larmes inondaient ses joues. Elle cacha son visage dans ses mains. Elle haïssait plus que jamais cette guerre, la vanité des hommes, la déraison du monde entier. Quand donc les peuples comprendraient-ils qu'il y a place pour tous sur la terre ? Pourquoi étaient-ils tous aveugles ?

Quand ils revinrent dans le blockhaus, Stohr et Wirz, près du poêle, une cigarette aux lèvres, jouaient aux cartes sur la table bancale.

***

Le soir venu, un jeune soldat se porta volontaire pour traverser les lignes ennemies et porter au commandement allemand les enregistrements de Wüllner. De plus, il accepta de conduire Hilde Brandes en lieu sûr.

Wirz considéra le frêle jeune homme qui se tenait devant lui. Il devait avoir à peine dix-huit ans.

— Tu sais que c'est un commando suicide ? Vous avez peu de chances de passer...

— Je le sais, mon lieutenant.

— As-tu de la famille ?

— Non, mon lieutenant. Mes parents sont morts pendant une attaque aérienne à Mannheim. Mon frère est tombé à Stalingrad. Je n'ai plus qu'une vieille tante à Chemnitz.

Cette franchise tranquille plut à Wüllner. De plus, il n'avait pas d'autre possibilité pour tenter de sauver Hilde. La position était indéfendable, le bataillon condamné, à plus ou moins long terme, quoi qu'en pensât Wirz. En essayant de passer à travers les lignes ennemies, il y avait du moins une chance de s'en tirer.

Il posa sa main droite sur les épaules du jeune soldat, et ce fut lui qui donna les ordres.

— Très bien, tu pars ce soir... Dans une heure. Les priorités sont, dans l'ordre : porter le message et les enregistrements, et faire passer la jeune femme. Compris ?

Le soldat claqua des talons et répondit d'une voix assurée :

— Compris, mon lieutenant !

— Ne prends rien avec toi ! compléta Wirz. Une musette, et une mitraillette avec cinq chargeurs. C'est tout. Cela suffira. Si vous risquez d'être faits prisonniers, détruis tous les papiers !

Les yeux du jeune homme brillaient quand il répondit :

— N'ayez crainte, mon lieutenant, je passerai !

— Connais-tu le chemin ?

— Oui. J'ai une carte. Direction Saint-Vith, puis bifurquer à l'ouest, et enfin au sud... Arrivé à Urft, je suis sauvé.

— Parfait, déclara Wirz qui avait suivi l'itinéraire, penché sur la carte.

Il ajouta :

— Je crois que tu peux réussir ! A deux aussi, ce doit être possible. Plus, ce serait risqué. A moins que Wüllner...

Heinz eut un geste de dénégation.

— Vous êtes fou ? Je reste !

— Vous êtes blessé. Vous avez besoin de soins. Il vaudrait mieux...

— Je ne suis pas le seul blessé, répondit Wüllner. La moitié de la compagnie est en piteux état. Je fais partie de cette compagnie, je reste. Croyez-vous que je vais vous abandonner maintenant ? Il est inutile d'en discuter, je reste, mon lieutenant !

Le ton était celui du commandement. Wirz claqua des talons.

— A vos ordres, mon lieutenant !

Le jeune soldat n'avait pas bougé. Hilde non plus. Accroupie dans un recoin du blockhaus, elle regardait Heinz avec stupéfaction. Elle ne connaissait pas cet homme-là. Il ne ressemblait en rien à l'espiègle bandit avec lequel elle avait construit un bonhomme de neige dans le jardin zoologique ! Le Heinz Wüllner qu'elle avait devant elle était d'une seule pièce. Il refusait toute compromission. Il était dur, solide.

Wüllner continua, s'adressant au soldat ·

— Tu peux disposer. Présente-toi dans une heure au PC de la compagnie.

Le jeune volontaire se mit au garde-à-vous, salua et tourna les talons.

Alors, Hilde se leva et déclara :

— Je n'y vais pas !

Le soldat s'immobilisa sur le pas de la porte et Hilde s'avança au milieu du blockhaus.

— Je fais partie de cette compagnie, moi aussi, tout comme le lieutenant !

— Nous ne pouvons plus vous utiliser comme auxiliaire des transmissions ! objecta Wirz. La situation a évolué...

Wüllner fit un pas en avant vers elle. Il fut tout contre elle, si près qu'elle dut lever les yeux pour voir son visage. Il la dominait d'une bonne tête. Il parla d'une voix douce, si douce que c'est à peine si Hilde percevait le sens de ses paroles. Mais il y avait une telle force dans ses mots qu'elle dut fermer les yeux.

— Tu vas partir, murmura-t-il. Je le veux. Vas-tu refuser de sauver l'enfant qui est en toi ? Si tu refuses de faire ça pour moi, tout est fini entre nous. Tu n'existeras plus pour moi...

— Heinz ! cria-t-elle. Tu ne parles pas sérieusement !

— Vas-tu partir ? répéta-t-il durement.

Elle se mit à trembler. Dans un souffle, elle murmura :

— Oui, je vais partir...

Sur la pointe des pieds, le soldat se glissa à l'extérieur

Une heure plus tard, Wüllner, Stohr et Wirz, réunis

au PC de la compagnie, faisaient au jeune soldat leurs dernières recommandations. Wirz déplia une dernière fois la carte et précisa la route à la lueur d'une lampe électrique.

— Si vous apercevez une patrouille ennemie, évitez-la à tout prix. N'engagez le combat que s'il est impossible de faire autrement. Et ne voyagez que de nuit, cela va de soi.

Stohr regarda en direction des positions ennemies.

— Tout est calme, dit-il. Ils nous accordent le quart d'heure de grâce. Si vous partez immédiatement, vous aurez fait un bon bout de route avant que le concert reprenne.

Wirz serra la main du soldat et lui tapa sur l'épaule. Stohr brandit en l'air deux doigts de sa main gauche et lança :

— Bonne chance !

Une dernière fois, Heinz plongea son regard dans les yeux clairs de Hilde. Il contempla avec amour les folles boucles blondes qui encadraient le joli visage. Sa gorge se serra, il eut envie de crier, de lui dire de ne pas partir ! Que n'aurait-il donné pour qu'elle reste toujours, toujours auprès de lui... Il se domina et ne dit qu'un seul mot, un mot lourd de tristesse, un mot sans espoir, sans avenir, un mot sans lumière :

— Adieu...

— Heinz !

Elle se jeta à son cou.

— Heinz ! Est-ce ainsi que nous allons nous quitter ?

Wüllner détourna la tête. Il ne pouvait plus supporter ces yeux qui l'imploraient, ce regard aux abois...

« Seigneur Dieu, donne-moi la force de tenir bon... »

— Nous sommes des soldats... Le devoir passe avant tout le reste...

Incapable de contrôler plus longtemps ses réactions, Hilde, sans un mot, se retourna. Elle disparut dans la nuit, comme une ombre. Elle se fondit dans l'obscu rité.

Le soldat la suivit. Sa musette pendait dans son dos,

se balançant de droite et de gauche au rythme de ses pas. Un, deux... un, deux...

Wirz et Stohr retournèrent au blockhaus. Seul Heinz resta là, appuyé au parapet de la tranchée, les yeux perdus dans le vague.

11

Quelques jours plus tard, au PC de la division, au barrage d'Urft, une fille blonde à bout de forces, son uniforme déchiré, posa un étui de métal sur la grande table à cartes, une boîte contenant des enregistrements et une enveloppe pleine de lettres et de papiers en provenance d'une compagnie encerclée près de Saint-Vith. Un militaire ensanglanté l'accompagnait.

Le général avait tenu à recevoir lui-même cette inconnue. Le visage sévère, il lut les dépêches, puis, regardant la silhouette effondrée devant lui, il demanda :

— Vous êtes bien Hilde Brandes, auxiliaire des transmissions ?

— Oui, mon général.

— Vous avez traversé les lignes américaines avec ce soldat ?

— Oui.

— Il a une sérieuse blessure au bras. Racontez-moi comment cela est arrivé.

Hilde releva ses mèches, dégagea son front.

— Nous étions partis, de nouveau, à la nuit — le jour, nous nous cachions dans des blockhaus abandonnés ou des caves détruites. Nous étions arrivés à proximité des positions américaines. Nous avons vu, alors, les balles traçantes et entendu le crépitement des mitrailleuses. Nous nous sommes approchés et, tout d'un coup, nous nous sommes trouvés dans les lignes ennemies, tout près d'une sentinelle. Nous l'avons évitée de justesse et nous nous sommes glissés dans le sous-bois. Nous avions préparé un itinéraire qui devait nous conduire, à travers les bois, au-delà des lignes américaines. Mais soudain c'était entre les deux fronts que nous étions. Nous nous sommes accroupis dans un entonnoir et avons fait le guet, attendant de savoir si, d'un côté ou de l'autre, on s'était aperçu de notre présence.

Le général hocha la tête.

— Et c'est à ce moment, dit-il, qu'a été lancée notre opération de reconnaissance.

— Dès que nous avons cru le comprendre, nous avons couru en avant. Bientôt des hommes nous ont entourés. Il faisait noir, nous ne savions pas s'ils étaient allemands ou américains. On nous a tiré dessus et mon compagnon a reçu une balle dans le bras. Nous avons riposté, puis nous avons été maîtrisés... Dieu merci, c'étaient des Allemands.

Le général hocha de nouveau la tête.

— Et malheureusement votre irruption m'a coûté deux morts et trois blessés. Avec un peu plus de sang-froid, cela aurait pu être évité. Reposez-vous un peu , vous avez connu des moments difficiles.

Mais Hilde n'avait pas terminé. Elle fit un violent effort pour se redresser et poursuivit :

— Il faut délivrer la compagnie encerclée. Elle ne tiendra plus longtemps. Les hommes n'en peuvent plus.

Le général, qui s'était montré jusque-là plutôt paternel, fronça les sourcils. Son regard se durcit.

— La compagnie ? Je ne peux rien vous dire pour l'instant.

— Mon général, vous me devez une réponse précise. J'ai réussi à venir ici... et mon... mon fiancé est là-bas, le lieutenant Heinz Wüllner.

— Saint-Vith est tombé. La section de Wüllner se trouvait à Volhagen ?

— Oui.

— Volhagen a été évacué également. Nos troupes sont maintenant à vingt kilomètres derrière Saint-Vith. Savez-vous ce que représentent vingt kilomètres de terrain à reconquérir ? Savez-vous ce qu'il faut comme matériel ? Ce que ça coûte en sang versé ?

— Mais... mon général... balbutia Hilde, bouleversée.

— Quand vous l'avez quittée, poursuivit le général, la compagnie avait encore une centaine d'hommes. Comptons qu'il en reste la moitié. Cinquante. Pour les sauver, dois-je en sacrifier mille ? Nous avons besoin de tous les bras valides. Cependant... en ce qui concerne ces cinquante hommes...

Il hésita une seconde !

— ... Je suis désolé. Je ne peux rien faire...

Désespérée, Hilde considéra le visage d'acier qui lui faisait face. C'étaient les mêmes yeux que ceux de Heinz — mêmes yeux, même menton, mêmes pommettes, même tremblement imperceptible de la lèvre... Et aussi même entêtement. Elle n'avait rien à en espérer.

Pourtant, son cœur se révoltait au souvenir de ces cinquante hommes qui attendaient la mort dans leur trou. Et parmi eux, Heinz, son Heinz... Sacrifiés. Ils étaient sacrifiés. Ils étaient déjà rayés de la liste des vivants. Ils avaient fait leur devoir. Ils n'avaient plus qu'à mourir...

Le général cependant reprit :

— D'autres contingents ont été encerclés. Parfois même des bataillons entiers. Parmi eux, un bataillon de blindés et une colonne roulante. Il faudrait que la compagnie les rejoigne par ses propres moyens !

Hilde tressaillit à cette lueur d'espoir.

— Peut-on l'expliquer à la compagnie ? Peut-on établir une liaison radio avec elle ?

— Dès votre arrivée, nous avons essayé. Mais jusqu'ici, sans succès. Trop de perturbations atmosphériques. Pendant quelques secondes, nous avons eu un certain lieutenant Wirz... Il a déclaré que tout allait bien et qu'ils allaient tenter... C'est tout ce que nous avons capté. La liaison s'est interrompue.

— Mon général, je vous en prie, laissez-moi essayer de nouveau. Laissez-moi leur faire savoir que vous êtes averti, qu'ils doivent conserver l'espoir...

Le général ne trouva rien à répondre. Il était las, épuisé. Dehors, les obus recommençaient à pleuvoir. Si seulement cette guerre se terminait !

Un quart d'heure plus tard, Hilde se retrouva devant un appareil compliqué avec lequel elle chercha à interroger les ondes. Mais elle ne réussit à obtenir que des crachotements et des bourdonnements...

Quand l'aube sale se leva, Hilde était encore devant son poste, tournant les boutons, écoutant, effondrée de fatigue, mais recommençant sans relâche.

Des hommes et des officiers entraient et sortaient sans discontinuer. On déchargeait dehors les blessés, de nouvelles colonnes étaient signalées.

Un officier s'arrêta quelques instants devant le récepteur et, posant une main sur l'épaule de Hilde, lui dit : « Cela suffit. Allez vous coucher. Vous trouverez à manger au mess. »

Hilde fit non de la tête et continua sa recherche tout le jour. Le temps passait sans qu'elle s'en rende compte, sans même qu'elle sente la fatigue et la faim. Mais plus les heures s'écoulaient, plus son mince visage devenait pâle, et son regard fixe, dirigé vers l'appareil inutile.

Personne n'osait plus lui adresser la parole et tous respectaient le combat halluciné qu'elle menait. Pour tous ceux qui avaient connu l'enfer de cette bataille, il était clair que la compagnie qu'elle cherchait avait cessé d'exister depuis longtemps.

Aux officiers qui l'entouraient, le général déclara enfin :

— Tout cela est inutile. Messieurs, qui convaincra cette jeune femme que sa quête est sans espoir ? Qui accepte de lui dire la vérité ?

Il regarda autour de lui. Les visages étaient fermés

— Personne ? Bon... J'apprécie votre réserve, et je la

comprends. Je me chargerai donc de lui parler moi-même.

Il n'eut pas à le faire. Ce même soir, on transporta au PC de la division un soldat blessé. C'était un étudiant de Weimar. Dix-neuf ans. Son état était désespéré. Il avait une jambe écrasée et un éclat d'obus dans les poumons. On l'avait trouvé au milieu des fils de fer barbelés de la tranchée allemande, à la hauteur d'Urft.

Quand le général vint le voir, il découvrit Hilde Brandes, assise près de la civière et tenant la main du mourant. Un officier tendit au général un paquet de dépêches que l'on avait trouvé sur la poitrine du soldat, enveloppé dans une pochette en cuir. C'était le rapport de la 4e Compagnie, établi par le lieutenant Wüllner.

— Elle ne sait pas encore... murmura l'officier.

Le général déplia les papiers et y trouva une lettre épaisse adressée à Hilde Brandes. A cet instant, le blessé remua les lèvres et murmura :

— Maman... maman...

Ce mot traversa la pièce comme un souffle. Puis, tranquillement, sans même un gémissement, le jeune étudiant de Weimar, courrier de la compagnie encerclée, porte-parole d'une poignée d'hommes, s'éteignit.

***

Le général joignit les talons, raidit la position, se mit au garde-à-vous. Comme un seul homme, ses officiers l'imitèrent. Ils conservèrent une immobilité de marbre tandis que le général annonçait :

— Voici le dernier rapport de la 4e compagnie, encerclée devant Saint-Vith. Je vous le lis : « Volhagen. La pression est épouvantable. Les munitions sont épuisées. Plus de nourriture. La compagnie a encore quarante-trois hommes. Les autres sont tombés au combat. Pas de trousses de secours, ni de médicaments. Nous ne tenons plus debout. Faute de renforts d'ici dimanche, la compagnie périra, fidèle à son drapeau. Vive l'Allemagne. Vive la paix. Heinz Wüllner. »

Il y eut un long silence. Puis le général ajouta :

— Dimanche... C'était avant hier... Messieurs, je suis fier, infiniment fier de la 4e compagnie !

Les mains des officiers se portèrent à leurs casquettes. Ils saluèrent sans un mot.

La lampe à huile tremblota.

Sans une larme, sans un cri, sans un tremblement, Hilde se leva, prit la lettre que lui remettait le général et sortit. Rigide comme une poupée de cire, elle gagna son lit, installé dans un corps de ferme à moitié détruite, s'assit, alluma une bougie et avec d'infinies précautions ouvrit l'enveloppe.

Heinz était de nouveau près d'elle. Heinz. Heinz Wüllner, dont l'écriture en pattes de mouche dansait devant ses yeux. Heinz riait. Il était là devant elle, avec sa verve, ses cheveux grisonnants, la main dans la poche et le regard tendre.

Elle déplia les papiers à moitié tapés à la machine, à moitié manuscrits, se pencha vers la bougie et lut.

Quand vint le matin, un matin gris, nuageux, elle était toujours sur le bord du lit, le regard perdu au loin. Ses yeux étaient embués de larmes et gonflés, mais il y avait un étrange sourire sur ses lèvres, et une fierté dans son regard, une foi renforcée en l'existence.

Sur ses genoux, les feuilles de papier étaient éparses.

Elles portaient un titre. Un titre surprenant, sobre, anonyme, qui ne voulait rien dire et tout dire à la fois : « Feuillets épars. » Rien de plus. Seulement : « Feuillets épars. »

Ils parlaient de la mort. D'une mort dérisoire et qui, pourtant, ne serait pas inutile...

Lundi 29 janvier 1945

Je me trouve dans un blockhaus de fortune, près de Saint-Vith, derrière la tranchée, et je tape ces lignes sur une vieille Remington à la lueur d'une bougie. J'ai trouvé cette machine non loin d'ici, dans un abri abandonné, à côté d'une caisse remplie de papiers et de rubans machine. Un correspondant de guerre se doit d'avoir de la chance... Me voilà en possession d'un micro, d'un Leica et d'une machine à écrire ! Tout ce qu'il faut pour faire mon métier. Je me sens bien. Je chanterais si tout ça n'était pas si triste !

Je suis installé sur une table en bois brut. La neige fondue suinte à travers les murs d'argile. Le plafond est soutenu par des poutres. Dehors tonne l'artillerie. Saint-Vith est depuis quatre jours entre les mains de l'ennemi, qui essaie par tous les moyens d'investir notre secteur. Il envoie ses tanks contre nos positions et ne lésine pas sur le matériel.

Mon camarade Wilhelm von Stohr est assis à côté de moi. Il écrit à sa femme. Je ne sais pas ce qu'il lui dit, mais ce doit être un peu ce que disent tous ceux qui doivent prendre congé... Je n'y vois presque plus, la bougie sera bientôt complètement consumée. Je fais sans arrêt des fautes de frappe parce que le sol tremble sous les impacts.

Les Américains utilisent du matériel lourd : des obus de 35. Les entonnoirs sont aussi profonds que les fondations d'une maison.

Dans une heure, il faudra que je reparte. Je me suis installé un peu en retrait pour écrire tranquillement. Mais le front m'appelle et m'attire... Il faut que je reparte, que j'aille les rejoindre, mes camarades, sous le feu de l'ennemi.

Comme le temps passe ! Plus qu'une demi-heure, et je vais de nouveau voir la mort en face.

Ça y est, la bougie est éteinte. Nous en avons allumé une nouvelle, la dernière que Stohr avait dans son paquetage.

Mardi 30 janvier 1945

Je suis dans la tranchée. Autour de moi explosent les obus. Je ne peux pas continuer à écrire. Ici, il n'y a que de la boue, de la neige, de la glace, des morts sans sépulture qui vont être à nouveau déchirés, dont les membres épars vont voler dans les airs.

On n'y voit plus rien. Et ce froid, en plus ! Le pistolet

est comme un bloc de glace dans la main... Ça y est ! Une nouvelle alerte aux tanks. J'arrête d'écrire...

Quatre heures plus tard

L'attaque est passée. Nous n'avons pas tiré. Nous avons évité les colosses. Ils ont laminé tout le coin, à notre recherche. Mais ils n'ont trouvé qu'un trou vide, avec une mitrailleuse. Si l'infanterie avait suivi, c'en était fini de nous. Mais les blindés sont repartis. Ils ont disparu, avec leurs chaînes qui cliquettent.

J'ai fait un enregistrement de cette attaque. Je m'étais dissimulé avec mon micro dans un énorme entonnoir. J'avais jeté de la terre sur moi, et, même de tout près, il était impossible de me repérer. Pourtant, j'ai eu chaud quand j'ai entendu tout d'un coup le cliquetis des chaînes, tout proche. J'ai vu surgir les tanks de derrière un monticule, en formation serrée. vingt-quatre tanks Sherman, côte à côte, crachant le feu de leurs canons.

L'alerte est passée. Je suis retourné dans mon abri. Mes nerfs sont à vif, mon bras déchiqueté et ma blessure à l'épaule m'élancent...

Dans un coin du blockhaus, Wirz est couché. Il dort comme une marmotte... et il ronfle ! Comment un garçon de vingt-deux ans peut-il ronfler ?

Mercredi 31 janvier 1945

Feu roulant ininterrompu depuis plusieurs heures ! Il y a de quoi devenir fou. Je suis assis dans mon abri, j'attends l'alerte aux tanks. C'est à peine supportable ! Une attaque aérienne à Cologne, c'était déjà quelque chose. Ici, l'apocalypse.

Et pourtant, il faut faire semblant de ne pas y accorder d'importance. On se regarde les uns les autres. Les hommes de troupe calquent leur comportement sur celui des officiers. Je suis assis dans ce blockhaus et je siffle. Je ne sais pas très bien ce que je siffle... l'essentiel, c'est de siffler. Siffler veut dire : « Bof... après tout, on s'en fout ! »

Aujourd'hui, c'est le jour J. C'est ainsi que l'a baptisé

Wirz, même si tous les jours sont des jours J. Cette fois, c'est particulièrement sérieux. Les Américains semblent décidés à en finir avec nous. Ils jettent sans arrêt de nouveaux effectifs dans la bataille.

Le chien de la compagnie est toujours dans mes pieds. C'est peut-être le seul être qui montre honnêtement qu'il a peur. Wirz est dehors avec ses hommes. Stohr est assis dans un coin et, d'une seule main, il se fait une grosse tartine avec du thon. Il a faim ! Il a quand même des nerfs, ce garçon, pour réussir à avoir faim ! Ou peut-être qu'il fait semblant... pour donner l'exemple ?

La terre tremble ! Tout l'abri frémit. Un coup au but et c'est fini pour nous. J'envisage cette possibilité avec détachement. Je m'étonne moi-même. Je suis si calme, tout d'un coup. Si indifférent. Comme en Russie. Quand le risque devient trop grand, moi, je deviens étonnamment calme.

Un fracas effroyable... Une explosion... Je ne peux pas continuer à écrire, la terre tremble trop.

Jeudi 1er février 1945

Aujourd'hui, j'ai eu une longue conversation avec Wirz. Il y a un an, un épisode de sa vie en Russie a complètement bousculé sa vision du monde. Peu de gens sont aussi sérieux à vingt-deux ans que ce gars-là. Et en même temps, il est si décontracté !

Il avait été affecté à la surveillance d'un camp. Il n'avait aucune idée de ce qui l'attendait. Il était fier d'appartenir à une formation dont on lui avait dit qu'elle comptait parmi les troupes d'élite du Führer.

Et puis, un convoi en route pour la Pologne est arrivé. Des hommes et des femmes serrés les uns contre les autres dans des wagons à bestiaux dont les portes étaient plombées de l'extérieur. On ouvrit les portes. On jeta les morts dans une fosse. On distribua une soupe aux choux aux survivants. On traîna les jolies juives à l'écart pour les violer. On enferma les vieilles dans une étable. Les hommes, quel que fût leur âge, furent bouclés dans des enclos provisoires à ciel ouvert, sans aucune protection, par 25° au-dessous de zéro.

A dater de ce moment, Wirz perdit toute sa foi en cette Allemagne qu'il avait servie jusque-là avec courage. Il perdit aussi toute foi dans le cœur des hommes.

Quand je lui ai dit qu'il avait tort de perdre espoir, et qu'après un tel effondrement l'histoire nous réserverait certainement un renouveau, il m'a regardé d'un air triste et a secoué la tête avec résignation.

— Ce monde nouveau, s'il vient... nous ne le verrons pas.

Et il avait raison. Tellement raison...

Vendredi 2 février 1945

Retraite. On abandonne la position. Je griffonne vite ces lignes dans la tranchée. La pression sur notre flanc est trop forte. Les Américains ont de nouveaux tanks. Ils attaquent sans relâche. Pas une minute de répit depuis hier 20 heures. Les offensives se succèdent. Nous nous replions sur Volhagen, l'ancienne base opérationnelle du colonel Luchwitz. Où peut-il être maintenant ?

Nouvelle attaque ennemie. Leurs réserves semblent inépuisables, tandis que les nôtres s'amenuisent de jour en jour.

Samedi 3 février 1945

Nous occupons la nouvelle position, en lisière du village de Volhagen. La contrée est couverte de neige. La nuit dernière, il en est tombé beaucoup. On dirait qu'on marche sur un tapis de velours.

L'ennemi nous suit. Il va falloir que j'utilise ma mitraillette, et les grenades à main. Le micro est détruit. Plus de liaison radio. C'est bientôt la fin ! je compte dix-huit tanks. De tous les côtés, même de derrière, il en arrive. C'est fini...

Six heures plus tard

L'attaque n'a pas eu lieu. Les tanks sont restés hors

de portée de tir de nos bazookas. Ils se sont volatilisés dans le brouillard du soir.

J'ai eu le temps d'apercevoir Volhagen et j'ai proposé d'utiliser le village comme base de défense. La maison du colonel Luchwitz a été détruite, mais celle du maire est encore debout, avec sa grande cave.

Nous y avons installé le poste de commandement. Nos armes sont pointées sur l'ennemi : dix mitrailleuses lourdes, un camion de grenades antichar mouillées... deux petits canons d'infanterie et des munitions pour une semaine environ. Le ravitaillement est un problème, mais, tant que nous avons des croûtons de pain que nous pouvons mâchonner, estimons-nous heureux...

Pour l'instant, tout est calme. Je tape ces lignes à la machine sans être dérangé. La situation a beau être sérieuse, nous arrivons quand même à plaisanter.

Il y a deux heures, on a sonné l'alarme dans le village. Un cochon se baladait dans la rue. Un vrai cochon, en chair et en os! gras et bien nourri. Il grognait et remuait ses oreilles flasques. Des têtes se sont pointées à tous les coins des maisons. Le porc grognait mélancoliquement en avançant dans la rue, manifestement peu disposé à se laisser saigner.

Les soldats ont fait mouvement. Ils ont rampé dans sa direction, prudemment, centimètre par centimètre, car il ne fallait pas l'effaroucher. Mais l'ennemi surveillait le village. Il a vite remarqué l'effervescence qui y régnait. Les tanks ont pointé leurs canons dans notre direction. Ils nous ont envoyé une pluie d'obus. A cause de ce foutu porc, nous avons eu trois blessés. Je ne sais où est passé cet animal, mais l'essentiel, c'est qu'il soit derrière nos positions! Il ne nous échappera pas.

Les tanks se retirent hors de notre portée. Pourquoi donc? Il leur suffirait d'une véritable attaque pour nous écraser. Peut-être veulent-ils nous laisser manger ce porc tranquillement avant de nous saigner à notre tour...

C'est navrant d'être ici, si près de la fin de cette guerre... de cette guerre qui n'a aucun sens.

Sept heures plus tard.

Les Américains se tiennent tranquilles Manifestement, ils attendent. Wirz veut envoyer un courrier. Il devra se glisser dans les lignes ennemies à la faveur de la nuit afin de prendre contact avec nos unités et réclamer du renfort. Les munitions manquent. Sans ce sacré porc, le ravitaillement serait un vrai problème.

Un homme s'est porté volontaire. Il est encore tout jeune... dix-neuf ans, étudiant à Weimar. Il a des rides autour de la bouche qui témoignent d'une volonté farouche. Il a des yeux durs qui en savent long sur la vie. Il veut décrocher la croix de fer... A Weimar, une fille lui a déclaré qu'elle ne l'épouserait que s'il était décoré.

Je vais le regretter. J'ai déballé mon micro de réserve pour enregistrer sa voix. Il a dit quelques mots d'adieu à sa mère. Il est son fils unique. Je lui confie mes enregistrements et ces feuillets. Réussira-t-il à passer ? Tous nos espoirs l'accompagnent.

Dimanche 4 février 1945

Nous avons adopté la formation en hérisson. La compagnie a été répartie en quatre groupes : groupe nord sous le commandement de Wirz, groupes est et sud sous celui de l'adjudant-chef Ringhaus, groupe ouest sous mon commandement. Une troupe de réserve reste dans le village sous la responsabilité de Stohr : treize hommes à faire intervenir en dernier recours.

Nous avons pris position autour du village et nous attendons l'accomplissement de notre destin.

Notre agent de liaison n'est pas encore parti. La nuit était trop claire et les projecteurs des Américains balaient nos positions. S'ils recommencent chaque nuit, le projet sera à l'eau.

Pour couronner le tout, voilà le dégel. D'abord, la neige, et maintenant, le dégel... Le village n'est qu'un marécage où flottent des cadavres de bêtes et d'hommes dont nous n'avions même par soupçonné l'existence. J'ai découvert parmi les morts un lieutenant de l'état-major Luchwitz, à qui une grenade a arraché la moitié du visage... Deux semaines déjà qu'ils sont ici, sans sépulture! Avec le gel, ça allait encore. Maintenant, ils vont se décomposer. Une semaine de plus dans ce village et nous périrons tous du typhus ou du choléra...

Pour l'instant, à part quelques tirs isolés, tout est calme. Je suis installé dans une maison criblée de trous. Je tape à la machine. Il y a une heure, un Américain s'est glissé à portée de voix et nous a fait connaître par haut-parleur les dernières nouvelles. Il paraît qu'ils ont fait une percée des deux côtés de Saint-Vith, ils ont bousculé les positions de la division allemande et approchent du barrage d'Urft. D'après eux, nos forces seraient complètement anéanties.

Si c'est vrai — et je n'en doute pas — nous ne reverrons plus le pays.

Quelques hommes ont pleuré, hier. Vraiment pleuré. Des pères de famille. Quatre enfants ou plus. Je n'ai jamais vu des hommes pleurer ainsi. Des hommes durs, pourtant. Tous décorés de la croix de fer. Je les comprends — il y a des moments où les larmes atténuent un peu le désespoir.

Lundi 5 février 1945

Stohr est blessé. Pendant la dernière attaque, il a reçu un éclat d'obus dans la cuisse. Mais l'os n'est pas atteint. Plié en deux par la douleur. Il est allongé près de moi dans la cave. Il m'a dicté une lettre pour sa femme et ses trois gosses. Une lettre d'adieu. Il sent que c'est la fin. D'abord son bras droit, maintenant sa jambe gauche...

Il me regarde écrire. Je voudrais lui crier : « Tiens bon! Tu t'en sortiras! Pense à notre cochon, camarade... Ris! Il ne faut pas mourir, tu m'entends? Tu n'en as pas le droit! Tu es un homme de presse, tu as appris à affronter tous les dangers. Fais face à la mort avec la même insolence... » Hélas!

Nous n'avons pas de médecin, ici, et l'infirmier est tombé parmi les premiers. Il n'y a plus de pansements.

Autour de moi, d'autres camarades sont blessés. L'un est atteint par la gangrène et crie comme un possédé... Nous ne pouvons rien pour lui... Nous n'avons pas de médicaments, pas de pharmacie — seulement une balle pour toi, camarade, s'il le faut... Je préfère ne pas réfléchir.

Stohr, tiens-toi tranquille. Le temps de la paix viendra pour nous tous. Patience, un peu de patience !

Il faudrait que je sorte avec mon micro pour voir s'il y a quelque chose qui vaille un reportage. Les tirs d'artillerie me semblent suspects. Mais je n'en ai pas envie. A quoi bon, de toute façon ? La situation est désespérée. Et ça, je n'ai pas le droit de le dire !

Le ruban de la machine est mouillé. Dehors, l'artillerie donne de la voix. Vont-ils de nouveau attaquer ?

Six heures plus tard.

Nous avons repoussé une attaque d'infanterie. Mais l'artillerie tonne toujours. Nous n'y faisons même plus attention... Ça nous manquerait même, si on ne l'entendait plus ! Et puis, nous sommes si fatigués, si las.

Nous nous terrons, les nerfs à fleur de peau. Les jours passent, et toujours pas de renforts, toujours aucune liaison radio. Il est 23 heures. L'heure d'aller au lit pour ceux qui ne sont pas au front.

Dormez bien, mes bien-aimés.

Mardi 6 février 1945

J'ai mis un nouveau ruban sur la machine. La moitié de notre compagnie est tombée. Nous ne sommes plus qu'une poignée de soldats en face d'un bataillon d'Américains et d'une énorme concentration de blindés. Si les renforts n'arrivent pas très vite, tout est perdu. Les munitions se font rares. Quant aux blessés, nous n'y prêtons même plus attention. Nous ne les regardons pas. Fiévreux, leurs pansements tachés de sang, sales, ils sont allongés sur le sol, dans la cave.

Je suis assis près de mon ami Stohr. Son visage est gonflé, sa bouche blême, sanguinolente. Il se mord les lèvres pour ne pas crier de douleur. Son pansement est complètement imbibé de sang. J'ai enroulé des chiffons autour de sa blessure. Il me regarde. On dirait un animal aux abois, un animal qui va mourir. Tellement désemparé... sans espoir, suppliant.

Dois-je prendre mon pistolet ?

Je détourne mon regard du sien.

Tranquillise-toi, camarade. Nous en sortirons. Tu pourras écrire encore beaucoup d'articles et faire de nombreuses prises de son, comme moi... Il faut y croire fermement, camarade Stohr. Du calme, du courage... Un jour, tout cela ne sera qu'un mauvais souvenir...

Il tire la couverture sur lui pour étouffer ses gémissements.

Il faut que je sorte. La sentinelle annonce une nouvelle attaque. Ça recommence !

La mort est de nouveau au rendez-vous.

Seigneur mon Dieu, quand tout cela finira-t-il ?

Et pourquoi, pourquoi cette sacrée guerre ?

Mercredi 7 février 1945

C'est le soir. Nous essuyons le feu ininterrompu de l'ennemi. Ça explose dans tous les coins. La cave tremble sur ses fondations. Bien faible protection. A Berlin, on ne se sentait pas en sécurité sous sept mètres de béton. Ici, nous avons à peine un mètre au-dessus de nos têtes... Mais on a l'illusion d'être protégés. Depuis avant-hier, l'infanterie attaque notre hérisson. Nous sommes comme un rocher au milieu d'une mer déchaînée.

Mais ce soir, dans cet enfer, pourquoi suis-je sûr qu'il n'y aura pas d'assaut ? L'ennemi n'a plus qu'à tirer sans relâche jusqu'à notre élimination. Aussi n'avons-nous placé à l'extérieur qu'un minimum d'hommes. Les autres sont avec nous dans la grande cave du maire.

Je regarde le petit groupe que nous formons. Comme il a fondu ! Il reste Wirz avec une blessure à la tête, Stohr qui a perdu un bras et a un éclat dans la cuisse, moi avec une blessure à l'épaule et des crampes d'estomac...

Ce doit être l'eau que j'ai bue hier dans une mare. Elle

était claire pourtant, comme de l'eau de source. Mais qu'importe... typhus, choléra ou une balle, du moment qu'il faut mourir !

Les autres sont assis, sales, en sang, le visage gris, une barbe de plusieurs jours, les joues creuses, tendus, nerveux. Ils n'ont pas peur de la mort. Ils regrettent seulement qu'elle vienne si tôt et qu'elle soit tellement privée de sens. Wirz leur parle. Ce jeune lieutenant de 22 ans qu'ils nomment « le vieux » est vraiment un homme étonnant. Il méprise ce monde parce qu'il en a trop vu et il raconte, calmement, les dernières heures que nous allons passer ensemble. Et tous l'écoutent une lueur insensée au fond des yeux.

Dehors, c'est la nuit et la mort. Mais voilà qu'ici dans cette ruine, quelqu'un s'assoit au piano, un antique piano que des camarades, avant nous, ont traîné là. Et notre chant s'élève comme une prière : *Ich hatt'einen Kameraden.*

Deux heures plus tard.

J'ai passé une soirée inoubliable. J'en ai rarement connu d'aussi animée. J'ai chanté des airs folkloriques, des vieux succès, des mélodies d'opéras et d'opérettes, accompagné par un soldat blessé sur ce piano désaccordé. J'ai chanté à tue-tête devant des mourants.

Je n'ai jamais chanté comme pendant ces deux heures. Malgré mes crampes d'estomac, ma voix était si libre, si pleine, si aérienne... Ah ! comme elles m'ont enrichi, ces heures inoubliables. Et pourtant, en même temps, j'étais si dénudé, si vide, si fatigué...

Les blessés souriaient. Ils souriaient malgré leur douleur et leur sang qui coulait. Leurs pensées s'envolaient vers un lointain passé, vers ce cinéma d'une salle berlinoise où ils avaient jadis entendu ces chansons... Pour tous, c'était alors le bon temps. Leurs femmes étaient à côté d'eux, dans leur main ils sentaient les petits doigts de leurs enfants, et la vieille grand-mère attendait, le repas prêt à la maison, qu'ils rentrent tous. Naguère... Oui. Ce n'était pas si loin...

Et pour moi... Voilà que les murs lépreux s'entrouvrent. J'aperçois une jolie tête étroite aux boucles blondes, des yeux clairs. Une bouche moqueuse me sourit... Oui, oui, je suis près de toi. Je suis là, nos âmes et nos pensées ne se sont jamais quittées... Oh, Hilde... Hilde...

A mes pieds est allongé un jeune garçon. Une grenade lui a emporté les deux jambes. Le visage couleur de terre, il fixe la flamme vacillante des bougies, tend l'oreille aux chants

Ave Maria...

Tout le monde reprend en chœur. Tous les blessés, ceux qui saignent, ceux qui pleurent, ceux qui se mordent les lèvres pour ne pas crier. Ils fredonnent, ils chantent... *Ave Maria...*

Dehors, les tirs d'artillerie reprennent de plus belle. La mort bat la mesure de notre mélodie.

Dieu ! Pourquoi la guerre ?

Dieu, quand nous donnerez-vous la paix éternelle ?

Alerte générale. La guerre donne sa réponse.

Une heure plus tard.

Fausse alerte. Ils ont simulé une attaque pour user nos nerfs.

J'ai de terribles crampes d'estomac. C'est à peine si je peux m'asseoir et écrire. Les mots dansent devant mes yeux. Je n'arrive plus à taper. Je vais me coucher.

Plutôt mourir d'une balle que du choléra comme du bétail. A la prochaine attaque, je me lève, je fonce !

Pour l'instant, je suis obligé de m'allonger.

Deux heures plus tard.

Il fait nuit noire. Nous avons décidé d'envoyer l'agent de liaison cette nuit. L'étudiant de Weimar emporte ces feuillets avec le reste. Dieu le bénisse, et fasse qu'il arrive à passer...

Mais plus personne n'a d'espoir. Sauf lui.

Dans une heure, il s'en va.

Je ne vais pas dormir de la nuit, bien que tout soit calme, dehors. J'ai le ventre en feu.

Nous allons crever comme des animaux !

Enfouis ! Ils vont nous ensevelir sous les décombres. C'est la fin.

Je t'aime. Hilde. Aie confiance dans la vie... L'espoir est comme une bougie qui meurt et qui renaît !

Heinz WÜLLNER

Lentement, Hilde rassembla les feuillets épars, les replia et les serra dans l'enveloppe.

D'un pas ferme, elle sortit. Le jour se levait. Un brouillard dense descendait des collines de l'Eifel.

Et soudain, elle sentit un tressaillement dans son ventre... Une douleur la traversa, son cœur se serra... Son enfant bougeait. Pour la première fois, une vie nouvelle s'éveillait en elle...

Doucement, elle murmura : « Tu seras un homme... Un homme comme Heinz, fier, courageux, aimant la liberté. Tu apprendras à conduire ta vie avec courage et vigilance... Merci, Heinz, merci pour tout, pour la joie que tu m'as donnée, pour le bonheur, pour l'amour... »

Ses yeux étaient secs quand elle regagna la ferme. Elle savait qu'elle ferait confiance à l'avenir, qu'elle saurait vivre la paix.

***

Le 8 mai 1945, la Wehrmacht capitula. Et le peuple allemand respira...

Achevé d'imprimer en juin 1988
sur presse CAMERON
dans les ateliers de la S.E.P.C.
à Saint-Amand-Montrond (Cher)
pour le compte de France Loisirs

– N° d'édit. 14110. – N° d'imp. 1169. –
Dépôt légal: juin 1988.

Imprimé en France